GIULI

Les amants de Cortone

Du Même Auteur

Au Centre du Dialogue, *mars 2020, Éditions AKKI.*

Rockeur Rouleur, *juillet 2021.*

Parler Clair et Écouter Vrai, *octobre 2021,* Éditions *AKKI.*

2022 - Moi Président ! *?, février 2022,* Éditions *AKKI.*

Chroniques Alpines, *février 2023,* Éditions *AKKI.*

Illustration de couverture : Philippe BARDET.

Contacts :

AU BOUT DES MOTS - EDITIONS Abatos

26, RUE BROSSARD - 42000 SAINT-ÉTIENNE

Siret : 532 515 822 000 – À P E : 9499Z

www. abatos.fr

I.S.B.N. 978-2-36598-231-3

JEAN-WILLIAMS SEMERARO

GIULI

Les amants de Cortone

«

« Pour qu'un amour soit inoubliable,
il faut que les hasards s'y rejoignent
dès le premier instant ».

Milan Kundera

À tous ceux pour qui un seul regard
aura suffi pour l'éternité.

PARTIE 1

Début décembre, le soleil qui se lève maintenant tardivement, illumine le *Campo*, cette magnifique place au cœur de Sienne en Toscane. Plus qu'un cœur, on pourrait dire que c'est l'âme de cette ville, une coquille splendide, un salon à ciel ouvert qui appartient aux nombreux visiteurs qui chaque année s'y pressent pour se plonger dans l'histoire du monde moderne issu de la Renaissance italienne.

Une tour imposante, la tour du *Mangia* domine ce cercle magique et son jaquemart frappe les heures qui résonnent alors sur la piazza del Campo, une des plus belles places du monde.

Cette place est également un amphithéâtre où se déroulent des jeux hérités d'un autre temps et qui perpétuent au travers des siècles, le Palio, cette compétition ou plutôt un défi entre les divers quartiers de la ville. Ces derniers s'ornent de drapeaux et d'émotion, les rues et les ruelles sont envahies par des tables où bientôt la population fêtera la victoire de ses champions ou l'espoir d'une revanche l'année suivante. Le Palio c'est la fête. Ce sont des déambulations en costumes d'époque, de jongleurs de drapeaux et pendant ce temps, les habitants des quartiers préparent pour certains d'entre eux leur cheval, ce champion qui à n'en pas douter leur donnera la victoire après sa bénédiction avec son cavalier dans l'oratoire du quartier. Le Palio c'est la fête. Le Palio c'est un défi. Le Palio c'est la passion et la fièvre qui enflammeront cette arène remplie d'une foule en délire dont les cris et les chants se mêleront au son de la grosse cloche et au martèlement des sabots en feu.

Aujourd'hui, la grosse cloche résonne pour accueillir d'autres cavaliers avec leurs montures de métal, une course cycliste, elle aussi d'un autre temps, fera une pause sur la piazza del Campo.

Ce matin là, un cycliste est arrivé plus tôt, il voulait voir le soleil se lever sur la piazza del Campo et l'arrivée des premiers concurrents au point de ravitaillement. Il s'est assis à une terrasse et a commandé un cappucino, ce café au lait mousseux dont il raffole, accompagné d'un cornetto, délicieux croissant fait de pâte levée feuilletée.

Il prend son temps et apprécie chaque bouchée de sa confiserie qu'il accompagne de quelques gorgées de son café. Il semble fatigué, peut-être même plus, il est très âgé, son visage est marqué par les rides qui se sont creusées sous le soleil Toscan. Son vélo est posé à côté de lui, un magnifique engin de marque française des années soixante-dix. Il semble neuf, comme sorti du magasin d'un vélociste, il brille sous les premières lueurs du soleil. Lui n'a pris aucune des rides que le temps qui passe a laissé sur son propriétaire. L'homme et son vélo forment un couple sorti du passé, de l'histoire du cyclisme, d'une époque où des vélos en carbone n'étaient même pas envisageables. Une époque où les artisans assemblaient patiemment et avec amour des tubes d'acier en les soudo- brasant pour créer des cadres sur mesure pour leurs clients. Une époque où les vêtements en lycra n'existaient pas, de même que toute la cohorte d'équipements techniques pour s'adapter aux conditions météorologiques. Lui, porte un survêtement bleu dont la couleur est passée, les chaussettes remontent sur le bas du pantalon pour qu'il ne se prenne pas dans l'engrenage du pédalier. La seule concession à la modernité est son casque qu'il n'a d'ailleurs pas enlevé.

Le soleil a fait son apparition quand le premier coureur a débouché sur la place et s'est précipité vers une des tables du ravitaillement où il s'est fait servir un gobelet de café. Peut-être a-t-il trop forcé depuis le départ, ses jambes tremblent, il semble fébrile et décide de s'allonger.

Quelques minutes plus tard, une nuée de cyclistes envahit la place. Certains mangent, boivent. D'autres se font prendre en photo ou allongent le bras pour un selfie mémorable avec un compagnon de route ou encore cette compagne avec qui ils auront fait un bout du périple et pourquoi ne pas imaginer ou espérer que ce n'est que le début d'une longue histoire commune. Les sourires s'affichent quand ce ne sont pas des grimaces. Des rires éclatent et ce bonheur efface rapidement les premières crampes et douleurs. Ces sourires, ces grimaces et ces rires sont ceux qu'ils arboreront une fois leur périple terminé, heureux de se considérer héroïques.

Le vieil homme, toujours son casque sur la tête, se lève péniblement, s'appuie sur le guidon de son vélo et se dirige en le poussant vers le centre de la piazza. Il échange quelques mots au passage avec un groupe de jeunes gens et décide, lui aussi, de s'allonger à même le sol pour profiter du bain de lumière et de chaleur offert par le soleil qui resplendit dans un ciel bleu azzuro sans un nuage pour le troubler. Son vélo est également couché près de lui. Il passe un bras autour du guidon comme il le ferait tendrement avec une compagne. Il ferme les yeux, il sent la chaleur l'envahir, lui qui a eu si froid en faisant la route en pleine nuit, maintenant il peut se reposer.

Il est toujours allongé au milieu de la place alors que le soleil est au zénith. Les organisateurs ont remballé le poste de ravitaillement et l'atelier de dépannage. Plus aucun participant à l'Éroica ne devrait s'arrêter aujourd'hui à la piazza del Campo. Les derniers ont déjà, depuis plus d'une heure, fait tamponner la preuve de leur passage à Sienne par les contrôleurs de la course.

Des touristes et des badauds passent près de lui, lui jette un coup d'œil pour certains, il ne bouge toujours pas. Pourquoi s'inquiéter pour cet homme qui visiblement a décidé de profiter de l'instant présent, le sourire qui illumine son visage tanné par le soleil, en étant une pure évidence.

Chapitre 1

« Mon Amour. Tu es partie et pourtant tu es là, je sens ta présence invisible et l'odeur de ton parfum est encore présente dans la pièce. Tu n'es plus là, mais tu es ici avec moi. Je peux sentir tes mains posées sur mes épaules, *ton visage penché vers le mien, tes cheveux bouclés qui me caressent la joue et je me retourne, je ne te vois pas, je ne peux te voir, tu es dans un autre monde, une autre dimension, mais tu es toujours là. J'essaye de me raisonner et de me dire que là où tu es, tu me vois, tu me suis jusque dans mes rêves les plus fous, mes délires et certainement ma folie.*

Quand tes yeux se sont refermés après une dernière respiration, un dernier souffle qui m'indiqua que tu partais et que ce serait pour toujours, je ne pouvais le croire et je ne le crois toujours pas. Est-ce que je vis avec un fantôme ou encore une illusion ? Si j'ai toute ma tête, est-ce que je suis en train de sombrer et même si je suis convaincu que tu m'accompagnes, à *tout moment de la journée et de la nuit, te voir, te toucher, te serrer dans mes bras me manque atrocement. Mon cœur saigne sans discontinuer, tout mon* être *souffre de se trouver ainsi séparé de toi, nous ne faisions qu'un, je ne sais plus ce que je suis, sans toi est-ce que j'existe encore ? ».*

*

Malgré la douleur intense qu'il ressentait, tel un drogué en manque de sa récompense qui le ferait décoller et voyager dans un univers fantasmagorique, Romain ou plutôt Romano, aimait à cette période de l'année se pencher à la fenêtre de sa chambre afin d'admirer le ballet des étourneaux qui se regroupaient avant d'entamer leur migration hivernale. Ils se donnaient rendez-vous pour un long voyage qui devait les conduire en Italie ou en Espagne où l'hiver est plus doux.

De véritables nuages se constituaient, virevoltaient et changeaient de direction, tournoyant au-dessus de la ville pour attendre les retardataires qui arrivaient de toutes parts. La nuée disparaissait et réapparaissait quelques instants plus tard, encore plus imposante, se scindait et se regroupait avec les nouveaux venus pour certains du nord de l'Europe. Romain a toujours été intrigué par la faculté de ces oiseaux à se déplacer par milliers de façon aléatoire sans pour autant se percuter alors que nous humains, placés au sommet de l'évolution, bousculons le piéton qui ralentit devant nous ou pire encore, carambolons joyeusement quand une voiture change de file sur une route embouteillée. Il doit certainement nous manquer un sens qui nous permettrait d'évoluer harmonieusement et sans risque quand nous sommes en groupe. Ou alors, il y a une autre explication possible, les oiseaux n'ont pas de téléphones portables ou d'écouteurs dans les oreilles qui pourraient les distraire.

Il fait chaud, très chaud même. Nous sommes le 1er novembre, le ciel est bleu, aucun nuage et cela fait plusieurs années que l'été se prolonge jusqu'au mois de décembre. Un court hiver où il ne gèle plus lui succède et progressivement la douceur revient avant de transformer le pays en fournaise. De fait, les trente-deux degrés d'aujourd'hui constituent un répit salvateur. Ceux qui niaient, malgré les avertissements de ces dernières décennies des scientifiques et experts, le dérèglement climatique qui devrait à terme sonner le gong de la fin de l'humanité, ils étaient mal inspirés ou du moins, bien conditionnés par les marchands du temple.

Romain est né en France et comme il se devait à l'époque, afin de faciliter la vie au quotidien et s'intégrer à la culture de ce pays, son père avait francisé leur nom et leurs prénoms. Pour le nom c'était relativement facile, il suffisait simplement de l'écourter en supprimant le « i » qui le rendait chantant et répandait la lumière et la chaleur de l'Italie. Pour le prénom c'était autrement plus compliqué, en fait l'identité changeait, on ne passe pas de Romano à Romain sans perdre une partie de soi, on devient étranger à soi-même. On vous appelle et vous ne répondez pas, car ce n'est pas vous, du moins vous n'avez pas encore intégré que ce prénom sera celui qui vous identifiera, mais au plus profond de vous-même, vous êtes resté celui qui un jour à reçu un nom de baptême qui a forgé votre personnalité et accompagné sur le chemin de la vie. Il était né Romano, il le serait jusqu'à la dernière lueur qui inonderait ses yeux et réchaufferait son âme pour l'aider à franchir un obstacle invisible, celui qui sépare le monde du vivant d'un autre encore inconnu où tout reste à découvrir, un tant soit peu qu'il existe. Pour Romain, il était inconcevable que tout s'arrête un jour, que tout le capital de sentiments, d'amour et d'expériences disparaisse dans un dernier soupir, cela ne pouvait être possible et la preuve, il l'avait, il vivait avec, c'était Giulietta. Giulietta l'amour de sa vie qui un jour, au terme d'une longue maladie incurable, avait décidé d'arrêter de se battre, avait déposé les armes au pied de la vie et fermé les yeux pour l'éternité dans ce monde de vivants. Pourtant, elle était toujours à ses côtés, veillait sur lui, l'inspirait. Elle n'était pas un fantôme ni même une ombre, elle était une présence qu'il ressentait fortement et l'étreignait. Cette forme de vie l'interrogeait, mais n'était-ce pas tout simplement l'amour qu'il éprouvait pour cette femme qui se manifestait au point que cette absence physique se transformait en présence réelle.

*

« *Giulietta, mon Amour. Tu es partie, mais tu ne m'as jamais quitté, je le sais, je te sens et te ressens dans tout mon* être, *cela ne pouvait s'arrêter ainsi. Est-ce la définition de la vie éternelle ? Je dois avouer que je n'y ai jamais trop cru alors que j'aurais dû* ».

*

Oui ! J'aurais dû y croire à la vie éternelle, j'avais été élevé dans cette croyance. Mes parents de vrais cathos m'avaient accompagné sur tout le parcours qui aurait pu faire de moi un croyant. Le Bien, le Mal, des choses et des notions très abstraites quand on est un enfant. Manger des bonbons pour un gamin c'est un pêché de gourmandise, tirer les cheveux à une fille à l'école est un mauvais geste, écraser une mouche sur la vitre de la cuisine c'est pêché également et bien entendu, toutes ces fautes il fallait les effacer, les confesser au curé de la paroisse dans cet isoloir sombre qui sentait la cire, agenouillé et en se repentant de ces fautes qui disparaîtraient alors, après l'absolution, du curriculum vitae du pêcheur. Casier vierge, on effaçait l'addition ! En fait c'était assez facile et cela poussait à recommencer, car les sucreries c'était agréable de les manger, surtout celles que l'on chipait avec les copains chez le boulanger. Tiens, ça aussi c'est pêcher, le vol de bonbons pendant que l'un d'entre nous achetait une baguette, un autre plongeait la main dans un bocal, il ne fallait pas se faire prendre et cela provoquait une excitation qui rougissait nos joues. En fait c'était très facile. Nous étions alignés pour faire écran devant la rangée de bocaux pendant que la boulangère se retournait pour attraper le pain en hauteur et qu'elle le tâtait afin de vérifier qu'il n'était pas trop dur. Ce court instant était suffisant, une main derrière le dos permettait à l'un d'entre nous de fouiller un bocal et de prélever, à l'aveuglette, notre précieux butin. Notre technique étant rodée, nous prenions de plus en plus d'assurance et au fil du temps, nous étions capables de cibler le bon bocal, celui qui contenait des dragées de toutes les couleurs. J'aimais faire fondre le sucre sur ma langue pour enfin ne plus avoir que l'amende que je croquais avec satisfaction. L'amende croquée, point final ! Nous devrions songer à préparer, tels des bandits de grand chemin, notre prochaine expédition. Nous étions innocents et la boulangère, en nous saluant, souriait avec un regard attendri. J'apprendrai plus tard, une fois devenu adulte qu'elle savait et laissait faire, nous n'étions que des enfants et ces menus larcins qui constituaient un pêché mortel, jamais avoué au curé, nous envoyait directement en enfer. Le paradis s'éloignait de notre horizon à chaque sucrerie avalée pour un paradis plus réel, celui du plaisir. D'ailleurs, voler des bonbons était-ce mortel ? À vrai dire, nous étions tous vivants et faisions, après nous les avoir partagés, disparaître le corps du délit avec gourmandise. Aurions-nous mérité l'enfer pour cela ? J'en doute fortement. Quand on devient adulte, on se rend compte alors que c'est bien plus compliqué que nous pouvions le penser, que je ne me verrais pas aller confesser aujourd'hui le vol de quelques chewing-gums ou réglisses et après tout que l'enfer, s'il existait, était bien sur terre. Sans compter que depuis ma communion, j'avais déserté le confessionnal et que si je devais m'arrêter sur la liste de tout ce qui peut être considéré comme une faute lors d'une vie d'adolescent et d'adulte, pour obtenir qu'elle soit effacée, il me faudrait alors écrire un livre que je remettrais au prêtre. Nous gagnerions tous deux beaucoup de temps et à la dernière page, ce dernier pourrait écrire la pénitence qu'il attendrait de moi après ce récit décalé. Il n'y avait aucun doute. J'avais vécu et bien vécu, je continuerai à vivre et je n'éprouvais aucune culpabilité en buvant un troisième Spritz à la terrasse d'un bar, une véritable gourmandise ou encore, en regardant avec envie cette jolie femme qui passait sur le trottoir et dont les seins pointaient sous l'étoffe légère de son tee-shirt, il faisait si chaud aussi bien à l'abri du parasol que dans mon cœur. Les pêchés inavouables d'adultes sont bien plus lourds que ceux d'un enfant, mais ils se rejoignent sur un point, ils procurent du plaisir. Plaisir coupable ? Peu importe, c'est la vie, on verra pour le paradis et l'enfer plus tard.

*

« *J'ai du mal Giulietta. Vraiment du mal, non pas à survivre à ton départ, mais à le réaliser. Je sais que je ne pourrai plus jamais te serrer contre moi, sentir la chaleur de ton corps le soir quand allongés sur le lit, tu te blottissais contre moi, que nous ne faisions plus qu'un pour trouver le sommeil réparateur. Mais la douceur de ta peau et ton odeur réveillaient le désir, un désir que nous partagions, un plaisir que nous souhaitions, nous nous aimions tout simplement et nous abandonnions. Tu me manques Giulietta même si tu es toujours présente, mais tu ne me réponds pas quand je te parle, je ne ressens pas ta chaleur quand tu me touches, je ne sens pas tes lèvres quand je t'embrasse. Mes sensations ne sont que des souvenirs qui me semblent si réels et pourtant, m'enferment dans ma solitude.* ».

*

Giulietta, je l'avais rencontrée rue des Écoles à Paris. Elle était attablée à une terrasse en face du Collège de France et entre deux magasins du Vieux Campeur où je venais régulièrement dépenser mes économies en mousquetons, topo guides et autres équipements indispensables à l'alpiniste que j'étais encore. C'était ma passion et je n'avais pas eu le temps de construire une autre vie. Je rêvais de sommets vierges de toutes civilisations, de conquêtes de parois infranchissables. Toutes les occasions étaient bonnes pour que je m'accroche au rocher ou encore au mur, près de chez moi en rentrant le soir, de la pharmacie en moellons qui m'offraient de belles prises et sur lesquelles mes chaussures de ville ripaient. Peu importait, cela me faisait rêver et à un mètre du sol, je m'imaginais sur le flan granitique d'une montagne irréelle. Les adultes perdent en vieillissant le goût du rêve, ils se soumettent aux conventions sociales, n'osent plus la folie et la démesure que les enfants n'hésitent pas à explorer. J'étais certes un adulte, mais j'étais resté un enfant nourri d'espoir et de désir de découvertes. Mes mocassins ripaient sur les moellons et la chute qui se serait révélée fatale en haute montagne, me faisait redescendre d'un mètre sur le trottoir. La conquête du mur de la pharmacie allait encore devoir attendre et faire patienter mon envie d'exploits, je ne manquais pas de projets en attendant ma prochaine fugue vers le massif alpin ou à défaut, les blocs dispersés dans la forêt de Fontainebleau.

« *Te souviens-tu Giulietta de notre première rencontre. Je la revis encore aujourd'hui comme si je venais de te rencontrer pour la première fois. Entre nous, notre bonheur* était *tel que tout était une première fois même ce qui aurait pu paraître insignifiant comme des gestes du quotidien qui se répétaient inlassablement, jour après jour, nuit après nuit. Chaque matin quand mes yeux essayaient de sortir de l'obscurité avec les lueurs matinales, je te regardais encore somnolente. À chaque fois, à chaque réveil c'était une première fois. À chaque fois, à chaque réveil je t'aimais comme un fou. Aujourd'hui quand je me réveille, je garde les yeux fermés et je te vois près de moi. Quand je les ouvre, tu disparais, mais ta présence, elle, demeure là proche de moi et certains matins, il me semble sentir ton souffle sur le visage, l'odeur citronnée de ton parfum préféré.* ».

*

Je sors de la boutique du Vieux Campeur. J'y ai laissé encore une sacrée somme, mais peu importe, j'avais besoin de ces nouveaux crampons, ceux automatiques qui se bloquent comme les fixations de skis aux chaussures. Les miens avaient vécu et j'en avais marre de m'empêtrer dans les lanières qui ne manquaient pas de se desserrer au fil de mes progressions dans la neige et sur la glace, m'imposant de fait, une vérification régulière. Cela me ferait un souci en moins à gérer déjà qu'il me fallait également penser, frappant de petits coups avec le manche de mon piolet, à dégager la neige qui s'accumulait entre les dents acérées de ces derniers. En parlant d'acérées, elles l'étaient de moins en moins à force de les limer à la veille de chaque excursion pour qu'elles gardent leur mordant. Bref ! Il fallait que je les change et peu importe le prix, ma sécurité, celle de ceux qui m'accompagnaient, la vie tout simplement méritait de loin cet investissement.

Elle était attablée devant une tasse de café, de grosses lunettes noires masquaient ses yeux, elle avait la tête légèrement relevée vers le ciel comme si elle attendait un message divin qui lui arriverait avec le rayon de soleil qui s'était posé sur son visage. Elle ne bougeait pas et je remarquais que la tasse était vide, le sachet de sucre n'avait pas été ouvert et la cuillère bien propre reposait sur la soucoupe. Elle me semblait jeune, beaucoup plus jeune que moi à mi-parcours entre la trentaine et la quarantaine, mais je faisais toujours jeune avec mon physique de grand adolescent entretenu par ma pratique de l'alpinisme et un régime végétarien. Je ne mangeais plus de viande depuis bien longtemps ce qui désespérait ma mère, elle, la Mamma qui savait si bien préparer le ragù, un plat bien de chez elle, de même que les polpete, ces petites boulettes de viande qu'elle laissait mijoter pendant des heures dans la sauce tomate. Elle se levait à trois heures du matin pour mettre à cuire sa sauce tomate qui serait prête pour le repas du midi. Je parle bien entendu d'une vraie sauce tomate, pas celle que l'on vous vend dans de petits bocaux dont l'origine est probablement, mais j'en doute, italienne. Mamma achetait ses tomates, elle les choisissait avec toute la rigueur propre à une experte de la chose sur l'étal des fruits et légumes du marché. Après les avoir tâtées pour s'assurer qu'elles étaient fraîches, elle s'attelait à une autre tâche, celle de les peler avant de les écraser avec une fourchette dans la grosse casserole qu'elle dédiait à cet effet. Commençait alors le tour de magie dont le secret lui avait été transmis par sa mère et avant elle, sa grand-mère, la nonna qui vécut dans un petit village isolé sur le flan d'une montagne dans le Piémont. Le processus allait durer des heures, de la transformation en sauce avec une vérification minutieuse et minutée de la cuisson, tout en rajoutant des ingrédients qui relèveraient le goût. Poivrons, oignons et laurier se désagrégeaient alors, au fil des heures sous l'effet de la chaleur, pour se mélanger harmonieusement à la tomate et former un velouté onctueux qui viendrait plus tard napper des spaghettis. Le parmesan, finement râpé avec le gratacaso et c'était inévitable, compléterait alors le plat servi à table. Les pâtes et la sauce, oui pas de problème, je ferai honneur à sa cuisine, mais les polpete, il n'en était pas question. Quant à mon père, il Babbo, il ne disait rien. Il savait qu'il était inutile de me faire la leçon et de m'obliger à manger ce que je ne voulais pas. Il me connaissait bien, car il se connaissait bien lui aussi et me contraindre m'aurait probablement conduit à espacer mes visites. Ils vieillissaient et voir leur enfant, leur fils unique, représentait pour eux un moment de bonheur pour lequel ils étaient prêts à sacrifier aussi bien des certitudes que des habitudes. J'avais un caractère entier, rien ne pouvait me contraindre et si l'on essayait de le faire, je m'éloignais sans bruit jusqu'au point de non-retour.

Mais ce ne sont pas ses lunettes noires et son visage levé vers le ciel qui avaient attiré mon attention alors que sortant de ce magasin, mes pensées étaient plutôt tournées vers les aiguilles hérissées de la vallée de Chamonix. Giulietta n'avait rien d'une alpiniste, ni même d'une sportive qui était le type de femme vers lequel s'orientait en général mon regard. Non ! C'était une jeune fille, dix-huit ans à peine et je l'apprendrai plus tard. Est-ce l'effet de ce rayon de soleil posé sur elle qui attira mon regard ? Je ne saurais trop le dire, car à ce moment- là elle était unique, je ne voyais plus qu'elle, la rue s'était vidée de ses passants et des voitures, le temps se mit à passer au ralenti. Il n'y avait plus qu'elle et moi, nous étions seuls au monde et quand elle tourna la tête dans ma direction, elle posa son regard sur moi en baissant ses lunettes sur le bout de son nez comme l'aurait fait une star. Ce regard était bien pour moi, il m'était adressé, il insistait, il fouillait mes pensées jusqu'à leurs moindres recoins et même les plus obscurs, il fusionnait avec mon âme. Je découvris alors ses yeux verts, je restai figé comme le grimpeur frappé par la foudre sur une paroi. Je sus alors que c'était elle, je l'avais attendue en pensant ne jamais connaître un véritable amour et la compagne qui partagerait ma vie, mes excentricités et mes passions. Elle aurait un véritable défi à relever, mais en réalité, aurait-elle une grande difficulté à la faire tant je fus séduit et conquis par ce premier regard.

Chapitre 2

« Giuli, mon Amour, ce jour-là quand nos regards se sont croisés, tu as ressenti, tout comme moi, quelque chose de fort qui nous dépassait tous deux. Tes yeux fouillaient mon être, *mon cœur s'affolait, mon estomac se serrait et pour moi, au-delà du trouble qui m'avait envahi, je t'avais reconnue. C'était toi, il n'y aurait plus que toi, rien que toi.* ».

*

Attiré par le magnétisme de son regard, aimanté par son intensité, je m'étais dirigé vers la table. Je m'étais assis sans prononcer un mot en maintenant mes yeux plongés dans les siens. C'était irréel, je devrais même dire féérique. M'avait-elle lancé un sort, était-elle une fée ou une sorcière pour que son philtre d'amour se répande le long du fil qui nous reliait ? Nous sommes restés ainsi, je ne saurais dire combien de temps, mais ce dernier passait, la fin d'après- midi approchait, le soleil n'allait pas tarder à se cacher et nous n'avions encore échangé aucune parole. Je ne savais pas qui elle était, elle ne savait pas qui j'étais, mais nous étions là, immobiles telles des statues à nous fixer, les mots étaient inutiles, tant de choses se devinaient et se lisaient dans nos yeux.

Elle est nerveuse, je m'en rends compte, elle n'arrête pas de faire tourner ses bagues autour de ses doigts. Je suis un guerrier, je suis dans la conquête. Profiter de l'instant présent et de la douceur qu'il procure, mais il faut agir et poser des actes. Je prends sa main, la plus proche de la mienne quand j'écrase ma cigarette dans le cendrier. Je prends sa main pour voir de plus près, la pierre bleue sertie dans sa bague, turquoise. Je prends sa main sous prétexte de voir la pierre, car je ne souhaite qu'une chose à cet instant, sentir sa chaleur, la douceur de sa peau et pourquoi pas l'abandon.

Elle me dira plus tard avec candeur que ce jour-là, elle avait voulu voir qui se cachait derrière le guerrier en jean et veste d'escalade, j'avais forcé la porte et elle avait volontairement laissé faire, pour voir. Uniquement pour voir.

Voilà comment naissent les histoires. Un regard, un sourire, deux mains qui se rejoignent pour vivre un instant et mesurer si ce dernier, doit ou peut se prolonger pour tisser un lien et envisager en commun un chemin à parcourir, une direction à suivre, sans obligatoirement poser ses pas dans les traces de l'autre, contrairement à la randonnée glaciaire où la trace de l'autre est gage de sécurité.

Il était tard et elle était surement attendue par ses parents, personne ne m'attendait et je devais encore m'engouffrer dans le métro et trouver la bonne ligne qui me rapatrierait dans ma banlieue. Ce soir-là, nous nous sommes séparés, elle sur le trottoir pendant que je dévalais quatre à quatre les marches de la bouche de métro. De sa bouche, juste quatre mots

« ton numéro de portable, je t'appellerai. Moi c'est Juliette. ». Je n'avais même pas eu la présence d'esprit de lui demander le sien et me l'aurait-elle donné ?

Plusieurs jours s'étaient écoulés depuis cette rencontre et je m'en voulais de ne pas lui avoir parlé, de ne pas lui avoir demandé son téléphone, savoir au moins ce que signifiait cette après-midi. Je me faisais des illusions ? Cela n'était pas possible, j'avais bien senti ce courant, ce flux d'émotion nous traverser tous deux. Il me semblait indiscutable que dans notre mutisme, des sentiments s'étaient bousculés. Allait-elle me rappeler ? Par ailleurs, même si je m'estimais encore très jeune, j'étais lucide sur une chose. J'avais pratiquement deux fois son âge. Elle ne le savait pas, mais à la lecture de la couverture du livre posé près de la tasse de café, il était mentionné que c'était un cours de philosophie de première année de licence. Elle était jeune, elle venait d'entrer à la Fac, elle devait avoir tout au plus dix-huit ans.

Ce soir, je me suis engoncé dans mon canapé et je suis las. Épuisé par la tension de mon travail, je suis fatigué, épuisé, j'ai mal aux jambes et des courbatures. La journée a été longue surtout sous cette pluie battante, je suis rentré trempé jusqu'aux os. Circuler à vélo, c'est sympa, en plus c'est écologique, mais quand le deux roues devient votre outil de travail et que vous devez faire face aux divers événements météorologiques, c'est une autre histoire. Au beau temps, vous êtes trempés de sueur et quand le temps se dégrade et bien, vous n'avez pas d'autre solution que de subir. Heureusement, avec l'évolution du climat, les conditions sont le plus souvent agréables.

Dormir ? Non ! Il est bien trop tôt et je suis plutôt un oiseau de nuit. Mais les oiseaux de nuit, eux au moins, ils trouvent un lieu pour dormir le jour contrairement à moi qui m'agite dans tous les sens et n'épargne pas mon énergie.

Je suis là assis ou plutôt affalé, la douceur de mon canapé qui fait également office de lit, m'accueille et me permet une détente indispensable aujourd'hui. Des petits boulots, j'en ai fait un certain nombre, mais celui-là m'épuise particulièrement. Je travaille pour un diffuseur de plaquettes et flyers d'information sur les manifestations culturelles dans Paris et sa banlieue. Je les livre dans les quatre coins de la capitale et dans la proche agglomération, pour cela le vélo est vraiment l'outil adéquat. Je roule à longueur de journée et heureusement que la ville a développé des couloirs cyclables lors de la crise du CoVid, la pandémie qui nous avait tous touchés il y a quelques années. Je me sens cassé, mais je dois avouer que j'aime bien ce travail. Pas cher payé, mais cela me suffit pour vivre, me loger et manger. De plus, je ne dépense rien d'autre, le surplus sur mon compte en banque en fin de mois se termine à chaque fois dans les caisses de mes magasins de sport préférés, se transforme en mousqueton, sangles et autres accessoires qui me semblent, du moins me paraissent indispensables. Tiens ! À titre d'exemple, je me demande encore pourquoi j'ai acheté dernièrement une quinzaine de pitons. Totalement inutile quand on y réfléchit sérieusement, car la plupart des voies courues en montagne sont équipées et dans le pire des cas, j'ai toujours, accrochés à mon baudrier, un lot de coinceurs de toutes tailles qui de plus, pèsent plus qu'ils ne me sont utiles.

Avant de devenir cycliste « professionnel », j'avais trouvé un autre emploi, mieux payé, mais j'étais enfermé toute la journée, un véritable enfer pour moi qui suis un enfant de la liberté et de la nature. J'avais tenu huit mois dans cette pizzéria. Pourquoi une pizzéria ? Le hasard tout simplement, il fallait que je gagne de l'argent et un matin, à Pôle Emploi, mon attention avait été attirée par une petite annonce d'un restaurant qui recherchait un « étagère ». Qu'est-ce qu'un étagère ? Je demandai alors à la conseillère emploi au guichet qui chercha à me décourager tout de suite, estimant que j'étais trop qualifié pour ce type d'emploi en cuisine. Peu importe, déjà le mot cuisine cela me parlait, j'en avais passé du temps auprès de Mamma quand elle préparait ses recettes, après tout je devrais pouvoir m'en sortir. J'ai tenté et au téléphone, le *signore* Martini qui visiblement était le patron, ne chercha pas à savoir si je connaissais ou pas la nature du poste, il était dix heures du matin, les clients arriveraient pour midi, il m'attendait dans la demi-heure. À peine arrivé, je me retrouvais avec un tablier bleu, devant la chaîne de plonge et celle de « l'étagère ». En fait, ce n'était pas bien compliqué, mais c'était plutôt intense, il fallait assurer au fur et à mesure la plonge dans la machine tout en préparant en début de service, les entrées et à la fin les desserts. Pas un moment de répit avec de plus des horaires totalement décalés. Il fallait travailler, préparer quand le reste de la société prenait son temps pour manger et passer un bon moment. L'avantage, j'étais nourri midi et soir, donc pas de dépense pour manger. Mon salaire n'était certes pas mirobolant, mais il le devenait alors puisque je n'avais pas de frais de nourriture. Donc huit mois à faire la plonge, à préparer des salades, des cafés liégeois et autres desserts, à m'interposer également entre le chef en cuisine et son commis. Ils étaient sanguins ces gens-là, à un tel point que nous avions dû les séparer, alors que le chef, un couteau de boucher à la main, menaçait d'étriper son collègue. Quel était l'objet de la dispute ? Nous ne le saurons jamais. Quoiqu'il en soit, dix minutes plus tard, ils se prenaient dans les bras et redevenaient les meilleurs amis du monde. Ne pas chercher à comprendre. Personnellement, je ne cherchais pas à comprendre, convaincu que j'assisterais à plusieurs reprises à ce type de scènes de ménage jusqu'au jour où, et je ne sais toujours pas pourquoi, ce fut moi qu'il voulut étriper. Je n'ai jamais été doué pour le drame et la comédie, je savais bien que tout cela était du théâtre, du mauvais théâtre, du grand guignol. J'ai retiré mon tablier bleu au grand désespoir du *signore* Martini, et j'ai mis fin à ma carrière « d'étagère ». Fini l'atmosphère moite de la vapeur et la machine à chantilly à nettoyer tous les matins ce qui ne l'empêchait pas de se boucher au moment le plus chaud du service.

Pendant deux mois je ne travaillai plus et heureusement mes parents vinrent à mon secours afin que je puisse assurer le minimum, mais cela ne pouvait continuer, j'étais adulte, du moins en âge parce que dans mon esprit je me sentais adolescent avec tous les rêves qu'engendre cette période de la vie. D'ailleurs, je m'identifiais à un de mes héros, Reinhold Messner, le célèbre alpiniste italien qui avait gravi les quatorze huit mille de l'Himalaya. Je m'étais laissé pousser les cheveux, la barbe et je porte toujours un bandana rouge autour de la tête. Alors effectivement cela peut choquer, d'ailleurs mes parents n'osent plus rien dire, ce serait en vain. Certains me prennent pour un marginal ici en ville, mais quand j'arrive en vallée, on me reconnait, non pas personnellement, mais comme alpiniste, j'ai le look, l'attitude et je n'ai pas besoin de me forcer. Je suis alors chez moi, je suis dans mon élément. De fait, livrer toute l'année à vélo me convenait parfaitement, j'étais libre et en plein air sans compter que j'avais une super forme de sportif. Si le vélo était bon pour ma santé, à la condition de ne pas trop jouer au téméraire avec les voitures et les camionnettes de livraison, c'était bon pour mon porte-monnaie et la planète.

« *Giuli, notre première rencontre, ces heures passées à la terrasse du café, sans se dire un mot, les yeux dans les yeux. Toi, tu ressemblais à une gravure de mode et moi à Reinhold Messner. Cela ne t'a pas effrayé, tu n'as pas pris la fuite. Non ! Tu as fouillé au plus profond de moi. Nous n'avions rien de commun dans notre aspect extérieur, nous ne pouvions nous rencontrer, nous n'appartenions pas au même monde, toi la citadine et moi l'alpiniste. Ce jour-là, ce sont nos* êtres *intérieurs qui se sont parlé et découverts dans le silence qui nous enveloppait. Plus rien n'existait en dehors de nous deux sur cette avenue bien fréquentée.* ».

*

Je viens de me faire un gin-tonic. Un tiers de gin, deux tiers de tonic, jus de citron et deux glaçons qui flottent tels des icebergs. De la glace. J'aime la glace quand je suis en haute montagne. J'aime sa consistance et sa pureté. J'aime quand mon piolet s'enfonce pour m'arrimer, mais la sensation que je préfère est bien celle où je retire le pic cranté, que cette glace se détache lentement comme de la pâte de verre. Cette sensation me procure beaucoup de plaisir. Elle ne craque pas la glace, elle ne part pas en éclats, non, elle se détache lentement et enfin me rend mon piolet que je vais arrimer un peu plus haut.

Mais aujourd'hui cette glace, ce ne sont que de petits cubes qui flottent dans mon breuvage préféré et qui bientôt se fondront totalement et feront oublier leur existence. Ils auront vécu pour rafraichir en cette soirée d'été, l'élixir qui me fera peut-être oublier ma lassitude, me permettra d'oublier les tensions qui constituent mon quotidien. Une question hante toujours mon esprit. Juliette m'appellera-t'elle ou était-ce un mirage ?

Je regarde mon verre, à demi rempli, les restes des petits icebergs qui ressemblent beaucoup plus maintenant à de fines galettes transparentes que je ne vais certainement pas tarder à croquer. Je regarde mon verre au travers de la fumée bleutée de ma cigarette. Et oui, tant qu'à faire et à lâcher prise, autant allier l'ensemble des plaisirs qui je le sais, ne sont pas du meilleur effet pour une vie saine, mais il faut savoir de temps en temps vivre dangereusement. Ce danger est certes moins stimulant que celui que l'on peut ressentir quand on se retrouve en altitude et où la moindre faute ou erreur de jugement peut vous précipiter dans les abîmes. Dans ces moments-là, la vie prend toute sa place et son importance. Ce n'est pas l'instinct de survie qui agit, non ! Quel intérêt d'aller volontairement se mettre en danger, la vie est unique, elle est belle et importante. Mais à certains moments, elle se rappelle à nous afin de nous éviter de commettre la bêtise qui ferait basculer notre place dans l'univers. L'univers est éternel, l'homme, même s'il se considère comme Dieu, ne l'est pas, du moins dans une conception rationnelle et terre à terre de la vie. Oui ! C'est vivre pleinement quand on en prend conscience par tous ses sens, quand la poussée d'adrénaline vous remonte au cerveau et que vous vous dites, je suis vivant, j'aime la vie, je veux en profiter encore et encore. Si seulement Juliette pouvait m'appeler.

Mais maintenant, je suis bien, un peu euphorique aussi. Ma mixture me procure une douce chaleur dans mon esprit, c'est la douceur dont j'avais besoin pour me sentir vivre dans toutes mes dimensions. Mon canapé a épousé mes formes avec tendresse. Je sais qu'il n'est pas vivant, mais il me plait à penser qu'il m'aime et s'offre à moi, qu'il m'accueille sans réserve, nous fusionnons. De là à parler de sensualité, ce serait exagérer, mais ce sont des moments de plaisirs simples et faciles à obtenir sans contrepartie. Dans un monde où tout se monnaye, où peu de choses sont gratuites, on peut seul atteindre un certain niveau de plénitude. Encore faut-il être capable d'apprécier ce qui est à notre disposition et arrêter de courir après la satisfaction de besoins que notre société de consommation suscite. Apprécier ce dont on dispose, là est la clef du bonheur. Le bonheur est simple quand on sait regarder et que l'on accepte de ressentir, de laisser ses sens s'ouvrir et s'épanouir. Et mon smartphone se mit à vibrer. Numéro inconnu, un message.

*

« *Je pense Giuli que tu ne voulais pas me parler, du moins que tu ne savais pas comment faire. Nous ne nous connaissions pas, nous nous* étions *croisés l'espace d'un après-midi ensoleillé. Nous nous* étions *séduits sans* échanger *le moindre mot. C'était magique, j'étais ensorcelé. Il n'était pas besoin de se parler pour apprendre* à *se connaître, même si nous semblions très différents, nous* étions *déjà en fait très proches. Nous avions fusionné nos* êtres, *notre rencontre était inévitable et inscrite dans l'histoire de nos vies, de notre vie, nous n'étions plus qu'un, la fusion* était *totale.* ».

*

Je peux enfin repenser à la douceur et à la tendresse du banc public, à la douceur et à notre amour qu'il a accueilli avec bienveillance.

Cela faisait une semaine que nous nous étions rencontrés en plein cœur de Paris. Maintenant, j'en suis certain, je l'aime, elle m'aime, les choses sont simples. Du moins, elles le paraissent toujours, mais l'amour, lui, ne l'est jamais.

Nous nous sommes donné rendez-vous, avec un échange de messages, à mi-chemin de nos domiciles et nous retrouvons dans une petite bourgade bourgeoise. Après une semaine de pluie, nous pouvons enfin profiter des premiers rayons de soleil de l'été et aussi de sa chaleur.

Nous sommes tous deux fatigués et las. Il n'est pas facile de travailler aujourd'hui dans une société en constante recherche de valeurs et d'idéal. L'égoïsme se substitue à l'intérêt général et peu importe que le voisin soit mis en difficulté, dès l'instant que le principal intéressé puisse tirer une épingle du jeu à son profit. Notre société est ainsi faite aujourd'hui et les leçons du traumatisme, que nous avons tous vécu avec la pandémie, me semblent bien éloignées. La vie a repris son cours dans une totale inconscience. Les élans de générosité, de compassion et de solidarité ont fondu aussi rapidement que les glaçons dans mon gin-tonic.

Nous marchons dans ce village, découvrant au hasard d'une ruelle, un chemin qui nous conduit sur les hauteurs d'où nous pouvons admirer un paysage puissant, des collines verdoyantes qui essayent de nous faire oublier l'autoroute en contrebas et les pylônes électriques. Mais il faut savoir faire abstraction de ces éléments, c'est là toute la force de l'esprit qui permet de se concentrer sur l'essentiel et l'essentiel est bien de se fondre dans cette nature, de faire corps et âme avec elle. Ne formons-nous donc pas l'univers ensemble ?

Nous marchons, main dans la main, sans savoir où nous allons, mais nous profitons de cette douceur quasi estivale qui nous enrobe de sa douce chaleur : la douceur qui nous apaise et nous ressource. La douceur de son regard et son sourire qui me laissent espérer aux lendemains.

Nous nous sommes rencontrés par hasard, nous nous quitterons probablement par hasard, sur un mot ou un geste mal interprété. Je ne peux le dire, les sentiments humains sont complexes, nous sommes tous si semblables de par nos constitutions, mais tellement différents par nos sentiments. Ne rien attendre est certainement la meilleure des philosophies. Ne rien attendre pour ne pas connaître la déception et la souffrance. Mais ne rien attendre et profiter de l'instant présent ne permettent pas de construire et de tisser une relation. Lâcher prise ne signifie pas que l'on arrête de se battre et d'avancer ou que l'on cesse d'agir en laissant passer le temps. Bien que toutes ces philosophies nouvelles qui fleurissent jours après jour dans des séminaires et les réseaux sociaux soient séduisantes par la sagesse dont elles sont empreintes, je n'en reste pas moins critique. D'abord, sont-elles aussi nouvelles ? Non. Elles s'appuient sur des religions, des philosophies, des modes de vie et intéressent avant tout, ceux en capacité d'apprécier le sens des mots et le poids des valeurs qu'elles véhiculent.

Nous continuons à marcher et nous approchons d'un parc. Nous avançons dans les allées et nous sommes seuls avec le silence simplement rompu par le chant des oiseaux que nous devons certainement déranger par notre passage. Un banc au soleil. Il est là, posé entre deux tilleuls, je crois. Je ne suis pas très doué en botanique, disons tout simplement des arbres avec de grandes branches et des feuilles.

Elle pose son chandail sur un accoudoir et s'assied avec délicatesse. Tout est délicat chez elle, du moins le regard que je porte sur elle, ne voit que délicatesse. Il s'agit là de la magie de l'amour qui transforme quelques fois une sirène en déesse. Cette magie qui vous fait abandonner toutes les peurs et vos craintes et fait que vous êtes séduit. Bien des navigateurs dans la mythologie se sont laissés surprendre par le chant des sirènes et se sont échoués. Mais heureusement, les sirènes n'existent pas, ni même les déesses dans notre monde, celui des vivants où l'on ressent le chaud et le froid, la peur et la joie, le bonheur et la tristesse, le plaisir et la douleur. Ce monde- là est bien réel. Réalité.

Un banc public. Je dois avouer que je ne me suis jamais assis sur un banc public avec à mes côtés une femme que j'aime. Probablement par pudeur, ne pas me donner en spectacle et rester anonyme. Ne pas être vu par des amis ou d'autres moins bien-pensant à mon égard, ne pas prêter le flanc aux commérages et autres élucubrations. Et puis mon bonheur m'appartient, pourquoi je devrais l'afficher et le partager, c'est mon jardin secret, tant et si bien que s'il disparait un jour, personne ne s'en rendra compte et je resterais seul avec moi-même. Mais après réflexion, je crois que je n'ai jamais pris le temps de m'arrêter, ne serait-ce qu'un instant, pour me poser tout simplement et profiter de la paix que procure le bonheur simple, celui d'être avec une personne que l'on apprécie et avec qui, on va rester là à regarder passer le temps, en goûtant le plaisir unique d'être ensemble. C'est l'expression de toute la douceur de l'instant.

Pourtant les bancs publics m'ont toujours fasciné et j'ai toujours eu en tête quand je passe devant eux, la chanson de Brassens, sur les amoureux des bancs publics qui se bécotent au grand dam des gens biens qui réprouvent de tels comportements, mais en fait ne serait-ce pas uniquement de la jalousie ou encore, de l'envie. Il est triste de ne pas aimer et de ne pas être aimé. Afficher son amour sur un banc le rend public comme l'affichage des bans sur le panneau de la mairie quand on se marie. Deux actes en fait qui se rejoignent, l'un officieux, l'autre officiel.

Il y a quelques années, je voulais préparer une exposition photo. À l'époque je travaillais sur Annecy dans le studio d'un photographe. Annecy, la Venise française avec ses canaux, le pont des amours, son lac et son alignement de bancs publics qui font écho aux pédalos dont la vocation est la même, se retrouver assis l'un à côté de l'autre. Sauf qu'il faut pédaler si l'on veut avancer, mais on peut tout aussi bien profiter de la sérénité de l'eau et des montagnes qui l'enserrent comme un écrin, en restant immobiles et en se laissant dériver. Dériver sur le lac, certainement la plus belle expression du lâcher-prise, de plus sans risque, car au pire, on ne se perdra pas et on ne devra faire que l'effort de pédaler pour revenir s'arrimer à bon port. C'est là, tout l'avantage d'un lac, pas de marée, pas de tempête, dériver dans un espace clos limite, voire même annihile le risque de perdition et de naufrage. Mais n'en est-il pas de même avec la vie en couple. Combien d'hommes et de femmes acceptent de rester dans l'espace clos d'une vie commune, une vie où il n'y a plus de passion ni d'amour, mais qui offre la sécurité du lac. Pas de vague, aucun risque de se perdre et les dérives sont vite limitées. Accepter de prendre le large demande un tout autre courage, celui de se retrouver confronté à l'inconnu, sans port d'attache où venir s'arrimer et se sécuriser. Prendre le large, c'est accepter aussi les tempêtes et prendre le risque d'être séduit par des sirènes qui vous feront sombrer et se nourriront de votre énergie vitale. Alors ? Pourquoi quitter le lac et prendre la mer ? Imaginez simplement les sentiments et les émotions éprouvés par les grands aventuriers qui découvrent une terre inconnue, des cultures nouvelles. L'émotion c'est la joie et le sentiment, tout simplement de l'amour à l'état brut. Je te vois, je te découvre, je suis émerveillé, je ne te connais pas, je ne pouvais t'imaginer, car tu n'existais pas dans mon esprit, en ce moment précis je t'aime et c'est irrationnel. Je n'attends rien de toi, je n'attendais rien avant de te découvrir, je ne savais même pas si j'allais te rencontrer, je suivais mon chemin, aujourd'hui il croise le tien, peut-être ferons-nous route ensemble.

L'amour est l'aventure humaine la plus forte et la plus risquée en même temps. Si rester sur le lac et se laisser porter apporte de la sérénité et la sécurité, en sortir pour partir à la découverte de la vie et de l'autre est indispensable pour s'épanouir et mériter le cadeau que nous fait l'univers, celui d'éprouver, d'être vivant.

Donc cette exposition, j'en avais choisi le thème : les bancs publics. Le banc en lui-même ne présente aucun intérêt sur un plan photographique, mais la vie qu'il peut susciter constituait un sujet d'observation et d'exploration de premier choix. Qu'elle est la nature des relations humaines sur un banc et la photographie devait me permettre de saisir des moments particuliers dans l'existence de parfaits inconnus, de faire ressortir par l'image les sentiments et les immortaliser. Les saisir et les rendre éternels. L'amour et la souffrance, l'indifférence et le bonheur deviennent éternels quand ils ont été éprouvés et même si le temps efface dans nos esprits, il n'en demeure pas moins qu'ils ont existé et mes photos se chargeront de les graver à jamais.

Mon appareil posé sur trépied, le téléobjectif de 300 mm pointé en direction du lac, j'ai attendu. J'ai attendu le moment où je pourrais saisir cet instant où les sentiments s'exprimeraient. Ce n'était pas du voyeurisme, je recherchais de l'esthétique qui provoque en retour des émotions. C'est là le propre de l'art que de faire éprouver au travers d'une production, de quelque nature qu'elle soit, des émotions. Les émotions c'est ce qui nous rend vivants. Quand on sent son cœur se serrer en regardant un tableau ou une œuvre, ou encore en écoutant une musique ou une chanson dont les paroles résonnent dans notre esprit, ces émotions fortes et toujours incontrôlables, provoquent des sentiments et les font ressortir pour certains d'entre eux, alors que nous les avions enfouis au plus profond de nos êtres. Je souhaitais par cette exposition faire ressentir la large palette des sentiments humains qui dans un cadre magique, celui du lac et des montagnes, fusionneraient avec l'univers. Le lac, les montagnes, les bancs, des vies, l'expression de la vie elle-même.

Observer ces couples, amants ou inconnus qui décident de se poser et profiter de la magie de l'instant, j'ai attendu cet instant où une posture, un geste provoqueraient en moi une émotion, je savais à ce moment précis que ma photo serait non seulement une image, mais avant tout une énergie positive captée à jamais. Mon ambition n'était pas de faire un catalogue de sentiments prêts à consommer, mais de susciter l'envie, une envie de douceur et de tendresse, une envie d'amour sans pudeur qui seul peut renvoyer de la lumière et illuminer le quotidien.

Ils étaient beaux sur leurs bancs. Insouciants, ils ignoraient que derrière mon viseur, je les regardais vivre et ce que je connaissais de leur vie, se résumait à une attitude, mais cela me suffisait, je n'avais besoin de rien d'autre que de l'instant où une émotion surgirait afin de la capter. Certes, tout cela est très subjectif, car mon ressenti est avant tout personnel, il fallait vraiment que l'image que je voulais saisir, renvoie de la lumière et qu'elle soit suffisamment forte pour que d'autres, regardant cette même image, reçoivent l'éclairage de la vie. Pour cela, la photographie en noir et blanc est réellement révélatrice, elle est vraie et fait ressortir des traits qui n'apparaissent pas en couleur, la beauté s'exprime alors avec une plus grande intensité. Le portrait en noir et blanc laisse apparaître les caractères cachés, ceux que l'on dissimule pour ne pas être vulnérable, l'image dans ce cadre vous met à nu, vous ne pouvez rien cacher, votre âme est en premier plan.

*

« *Ce jour-là Giuli, tu te souviens ? J'aurai aimé avoir mon appareil photo pour immortaliser* à *jamais ton sourire et la sérénité qui t'habitait. Après réflexion, je m'aperçus que cela aurait* été *inutile. Je n'avais pas besoin de photo, je n'avais pas besoin d'une image qui t'aurait figée dans le temps. Je te voulais vivante. Tu posas ton chandail sur l'accoudoir de ce banc et t'assis avec délicatesse, prenant soin de ta jupe par pudeur pour ne pas découvrir tes jambes.* ».

*

Tout en lui tenant une main, je m'assis également à côté d'elle et dans la douceur de cette première journée d'été, je m'allongeais en reposant ma tête sur ses cuisses. Je fermai les yeux et le temps s'arrêta. Je ne vois plus rien, je m'abandonne et je ressens la douceur de la vie. Moi qui n'aie jamais voulu m'afficher dans un lieu public, aujourd'hui, je suis là, allongé sur un banc, offert au regard des passants et à leur curiosité. Le soleil réchauffe la peau de mon visage et une légère brise vient caresser mes joues. Une main tout aussi douce prend le relai et vient s'arrêter dans ma chevelure, enlève mon bandana. Cette main est chaude, cette main est empreinte de douceur et me communique un sentiment de tendresse qui me permet de me déconnecter encore plus de la réalité, je suis dans un autre monde, celui de l'éveil des sentiments et de la renaissance. Il n'est nul besoin de s'arrimer en altitude sur une paroi pour éprouver la plénitude d'un instant, cette douceur je la trouvai également sur un simple banc d'un jardin public. Le danger était-il présent ? Oui, mais différemment. Ma paroi en granite si j'y retourne demain, dans un mois, dans un an, dans dix ans, elle sera toujours là. Elle était là avant, elle le sera encore après. Mais Juliette ? Si je reviens sur ce banc demain, dans un mois, dans un an et plus, le banc lui sera certainement là, mais Juliette sera-t-elle encore avec moi. La paroi est réelle, j'y ai éprouvé des sensations fortes tout simplement parce que je communiais avec la nature, je fusionnais avec elle et ses éléments, le soleil et le vent. Le banc lui, sans Juliette, ne reste qu'un simple objet et même si le soleil et le vent sont présents, le contact des cuisses et la douceur des mains de cette femme sont des éléments indispensables pour ma fusion avec la nature et l'univers. Elle est ma paroi sur laquelle je peux m'arrimer et me sécuriser, son contact, tout comme celui connu avec mes mains à plat sur le granite brulant, me donne la confiance en l'avenir nécessaire pour poursuivre le chemin. La question qui se pose en cet instant est celle de la sécurisation et de l'abandon sans crainte. Je sais passer une sangle autour d'un béquet pour m'assurer en haute montagne. Je sais placer un coinceur dans une faille pour conforter cette assurance, c'est relativement simple et dans ce cadre, on peut s'abandonner pour ne plus faire qu'un avec la nature. Mais en amour, est-il possible de placer ces assurances avant de s'abandonner en toute quiétude. Non ! Il nous faut accepter de nous abandonner sans avoir l'assurance que le fil délicat qui relie deux âmes résiste à l'épreuve du temps, à la fatigue et à l'incompréhension qui est le propre de l'homme. En fait, ce fil délicat permet de constituer une cordée qui est réversible, chacun à tour de rôle, prend la tête et l'initiative du chemin, la direction étant alors partagée. Toutefois, lorsque la paroi ne dévoile pas des prises évidentes pour la gravir, chacun des membres de la cordée se saisira alors d'une anfractuosité, d'un minuscule grain de rocher pour assurer sa progression et bien que suivant le même chemin, la même voie, la façon d'y parvenir différera pour chacun des partenaires.

L'alpinisme apporte bien des réponses à de nombreux domaines de la vie et plus particulièrement, la cordée illustre bien la vie en couple, la préservation du chemin et la progression ensemble vers une destination commune, en empruntant des prises différentes.

Le soleil commence à me bruler le front, j'ouvre les yeux et suis ébloui par la clarté qui se dégage dans le ciel, maintenant bleu au-dessus de moi, les nuages ayant profité que je m'assoupisse pour se dissiper et disparaître. Juliette me regarde avec tendresse, en fait, elle n'a cessé de me regarder. À quoi pense-t-elle ? À rien me dit-elle. Elle profite de l'instant présent qui la remplit. Elle m'aime, elle est heureuse, elle se sent sereine et se repose. Pourquoi poser une telle question ? Une réponse est-elle nécessaire ? Ne peut-on pas tout simplement cesser de penser et laisser libre cours aux sensations et aux sentiments qui vous envahissent. Laissez passer le temps, faire partie intégrante du temps, nous sommes le temps, nous sommes l'univers. Oui ! J'étais tout simplement bien, je vivais pleinement le présent, la chaleur du soleil, la douceur du vent, la tendresse de sa caresse. Certainement la plus pure expression du célèbre repos du guerrier, la sérénité et l'amour, je suis un guerrier.

Ses yeux sont vifs. L'intelligence et la finesse se devinent derrière ce regard et chaque fois qu'elle relève la tête, mon cœur bat. Le coup de foudre existe-t-il ? Est-ce uniquement une construction romantique de ce que l'on pourrait nommer l'attirance, attirance physique, magnétique, vibratoire. Tant de domaines sont si peu explorés de nos jours, mais le fait est que quelque chose s'était passé au cours de cet après-midi parisien, le temps que nous partagions sur ce banc ne faisait que le confirmer et ancrer nos certitudes.

L'amour et les relations humaines sont beaucoup plus capricieux, ils ne se satisfont pas de la sécurisation du parcours, ils nécessitent chaque jour un effort sincère de compréhension et de bienveillance, pour s'inscrire dans la durée. De plus, les acquis d'une grande période peuvent s'effondrer en l'espace d'un instant sur un geste, un mot, un comportement mal interprétés. Afin de l'éviter, le dialogue est indispensable, il dédramatise, il autorise le pardon dont les réserves sont inépuisables quand les sentiments sont forts et le lien réel.

Aimer, c'est s'autoriser à parler et à écouter pendant la construction de la relation. Ensuite aimer c'est, en s'appuyant sur la connaissance de l'autre, savoir écouter les regards et les gestes, donner ce que l'on peut donner, sans se mortifier de ne pouvoir faire plus, à la condition expresse de le dire. Aussi intelligents soyons-nous, certaines choses ne se sentent pas toujours et peuvent encore moins se deviner.

Enfin, aimer c'est éviter de se retrouver dans les limites du lac et de son confort pour explorer à deux, de nouveaux horizons et enrichir l'expérience commune.

*

« *Je t'aime. Oh oui ! Je t'aime Giuli. Tu ne peux savoir* à *quel point, tu ne peux imaginer la profondeur de cet amour qui m'emplit et me contamine. Pour dire je t'aime, les Indiens Yanomani en Amazonie disent : Ya pihi irakema. Plus fort qu'un simple mot dans notre langue qui ne permet pas de nuance, ni de mesurer la profondeur d'un sentiment quand on veut l'exprimer oralement. Notre langue est pauvre, un seul mot pour dire : j'aime le chocolat, j'aime la musique, j'aime tes vêtements, j'aime ton sourire, je vais t'aimer et te faire l'amour. Quelle tristesse. Ce mot me frustre, j'aimerais tant qu'il en existe un autre qui serait à la hauteur des sentiments que j'éprouve, mais serait-il encore suffisant ? Je ne le crois pas. Le même mot pour exprimer un sentiment et l'envie d'un carré de chocolat. La traduction de Ya pihi irakema donne une autre dimension* à *l'amour puisqu'il signifie : j'ai* été *contaminé par ton Être, une partie de toi y vit et y grandit.*
Je me sens indien, car c'est exactement ce que je ressens au plus profond de moi, je suis contaminé, toutes mes cellules vibrent pour toi, je me sens terriblement vivant. ».

*

Tu me regardes avec tes grands yeux verts et me réponds avec ce sourire qui à chaque fois me transporte dans une autre dimension et me déstabilise. Tu me dis que tu es là, blottie contre mon épaule, assise sur ce banc public, la réponse n'est-elle pas suffisante ? Oui. Bien sûr, qu'elle l'est, même si j'aimerais l'entendre, ma fragilité aimerait l'entendre. L'amour n'a pas besoin de mot pour exister, il est amour, la tendresse et la douceur l'accompagnent. Arrêtons d'exiger des mots pour nous rassurer dans cet état de fébrilité dans lequel nous plonge ce sentiment, l'amour est une vibration forte, l'amour se suffit à lui-même, ne l'enfermons pas dans des mots, laissons-le libre d'être et de s'épanouir.

Chapitre 3

« J'aurais aimé m'appeler Roméo pour toi Juliette, mais je m'appelle Romain et mes racines me conduisent à préférer à ce prénom, celui de Romano. Inévitablement, je t'avais appelée Giulietta et très rapidement, tu adoptas le surnom de Giuli et tu me rebaptisas en Rom. Giuli et Rom ou encore Rom et Giuli, cela résonnait aussi bien que Roméo et Juliette. Contrairement à eux, nous ne nous embarrasserions pas des convenances et de l'avis de nos familles. La vie nous la vivrions ici et n'attendrions pas de nous retrouver dans une autre dimension dont nous ne pouvons parier de son existence. ».

Nous rentrâmes de chez ses parents où nous avions passé la soirée. Je dois avouer que j'étais contrarié, une boule s'était formée dans mon ventre pendant la durée du repas et s'intensifiait au fil des questions que me posait son père, sa mère se faisant plus discrète, mais la façon dont elle me regardait avec insistance était certainement pire que la conversation. Pour cette famille bourgeoise d'un quartier chic parisien, il ne faisait nul doute que leur fille leur avait ramené un clodo et qu'ils s'attendaient à quelque chose de mieux pour elle. Pourtant, j'avais fait des efforts dans ma tenue, ce n'était pas celle habituelle de l'alpiniste urbain que j'étais. Tout d'abord mes cheveux, je les avais réunis à l'arrière de mon cou avec un catogan. Ma barbe, je l'avais taillée avec soin et enfin, j'avais abandonné mon look habituel jean et tee-shirt que j'avais troqué avec un petit chino beige et un polo blanc. En me regardant dans la glace de mon armoire, je ne me trouvais pas bon chic, bon genre, mais avant tout présentable, voire même nickel. Le seul détail dissonant de cette tenue était ma doudoune légère orange, mais je n'avais pas d'autre veste, ni de gilet. J'allais faire avec ce que j'avais, les moyens me manquaient pour investir dans une veste qui probablement ne me servirait plus après cette soirée.

Quand Giuli vint me chercher pour nous rendre chez ses parents où à priori j'étais attendu, elle éclata de rire, je n'étais plus le même ainsi accoutré. Elle était tellement habituée à me voir déambuler en sosie de Reinold Messner que mes efforts, pour me montrer sous des atours présentables, provoquèrent au-delà de la surprise, un élan de tendresse spontané. Elle vint se blottir dans mes bras, leva son regard vers le mien, une nouvelle fois ses yeux verts vinrent fouiller mes pensées et mes sentiments. Ses lèvres se posèrent sur les miennes avec douceur, elle était heureuse, je ne sais pas si je l'étais encore plus, ni même si ce bonheur était quantifiable, nous étions heureux, nous fusionnions, nous ne faisions à nouveau plus qu'un.

Le repas qui suivit reste en ma mémoire gravé comme un véritable cauchemar. Des gens bien élevés, bien propres sur eux avec des codes qui leur appartenaient et dont je n'avais perçu aucun signe chez Giuli. Les générations se suivent et ne se ressemblent pas forcément et c'était le cas.

Les questions se succédèrent pendant toute la durée du repas et je répondais naturellement à l'inquisition, car après tout, je n'avais rien à me reprocher. Certes, mon style de vie, mes petits boulots pouvaient paraître inappropriés avec le standing et les attentes de cette famille, mais leur fille et moi, nous nous étions choisis par un bel après-midi sur la terrasse d'un café. Je comprenais leur inquiétude et nous aurions eu avec Giuli une fille, probablement j'aurais eu les mêmes exigences, cependant passer sur le grill n'était pas la situation la plus plaisante et j'avais l'impression que la soirée s'éternisait entre les soupirs du père, les hochements de tête de la mère. Seule, la profondeur des regards de leur fille m'apportait la contenance nécessaire afin de conserver un certain niveau de confiance. L'étau se desserra quand vint la question inévitable de mon parcours scolaire, c'était important les études et je pus noter une forme de soulagement dans leurs regards et leur attitude. Science-Po Paris et un master de droit public c'était du lourd qui aurait pu m'ouvrir les portes de la fameuse École Nationale d'Administration. Même si j'avais choisi une autre voie à l'issu de ce cursus, c'était tout de même une belle planche de secours et pour eux, il ne faisait également aucun doute que lorsque le grand adolescent que j'étais, grandirait, il s'assagirait et trouverait un emploi, un vrai avec des responsabilités qui répondent au code de leur milieu. Ils s'étaient adoucis et cela me donna plusieurs minutes de répit où nous évoquâmes des problématiques politiques, l'avenir du pays dont, à ce moment-là, ils pensèrent que je ferais partie. Mais leur espoir fut de courte durée.

Avant cela, ils évoquèrent en cœur, les ambitions de leur fille dont ils étaient très fiers. Une scolarité de bonne élève sans faute. Un baccalauréat avec mention au lycée Saint-Louis et elle terminait sa deuxième année de licence en histoire à la Sorbonne. Ce parcours devrait la conduire directement vers l'école des Chartes où elle pourrait alors préparer un diplôme d'histoire de l'art et s'orienter ensuite sur un emploi de conservateur et bien entendu, tout cela à Paris, à quelques stations de métro. C'était un sujet que nous n'avions jamais abordé avec Giuli, trop occupés que nous fussions à nous découvrir l'un, l'autre et à profiter de ce bonheur naissant. L'avenir c'était avant tout nous ! Nous deux, rien que nous deux, tout le reste était relégué à un second plan !

Arriva alors, le fameux moment où tout allait basculer où aux espoirs succédèrent la déception et ensuite la colère. Je leur avais glissé dans la discussion que j'étais passionné de montagne. Ils en furent ravis, car pour eux, la montagne c'était avant tout le ski en hiver à Courchevel et à quelques occasions, des randonnées l'été sur de petits sentiers bien balisés dans la vallée de Chamonix. Nous n'allions pas tarder à arriver au point de rupture. Giuli l'avait senti venir, s'était levée de table pour rejoindre sa chambre et y rester une dizaine de minutes. Qu'était-elle aller faire, je le découvris plus tard.

Je répondis à son père que les randonnées sur les sentiers étaient agréables, tout comme le ski de descente l'hiver, mais que mes préférences étaient d'un tout autre ordre. La vallée de Chamonix c'était avant tout le Mont-Blanc, les Aiguilles Rouges, les longues courses d'arêtes et des glaciers débonnaires comme ceux des Bossons et des Grands Mulets que l'on affronte crampons aux pieds et piolet à la main. Quant au ski, je le pratiquais, mais avec des peaux de phoque afin de traverser des massifs, des cols et des frontières à la belle saison en mars. Je vis bien que leurs visages se fermaient lors de ces évocations, mais quand pour conclure, je leur dis que j'allais passer le diplôme de guide de haute montagne, pour un jour aller travailler dans l'arc alpin, soit en France, soit en Italie, le ton changea. Le désastre que j'avais pressenti lors de la première poignée de main ferme qui m'avait écrasé les doigts, je m'étais fait surprendre et m'attendais à quelque chose de plus doux, ce moment arriva entre le fromage et le dessert. D'ailleurs, Giuli venait de réapparaitre, avait changé de tenue, avait substitué à sa petite robe, un jean qui moulait ses formes et un gros pull dont le col lui remontait jusqu'au menton.

Un guide de haute montagne, n'importe quoi et pourquoi pas astronaute. Il était furieux. Sa femme, les coudes sur la table, appuyait sa tête entre les mains, ne voulant pas regarder le spectacle, peut-être souhaitait-elle cacher son visage et probablement des larmes naissantes au coin de ses yeux, des yeux d'un vert intense comme ceux de la femme dont j'étais amoureux. Maintenant, il hurlait. Jamais, non jamais sa fille Juliette, leur enfant unique, partagerait la vie d'un être asocial, un marginal qui n'avait même pas un vrai travail. Non ! Jamais. Jamais, jamais !

Je restai un moment pétrifié devant cet accès de colère et de violence, me ressaisi et me levai de table. La soirée était terminée. Je n'y avais pas prêté attention, mais Giuli avait enfilé une grosse doudoune gris argenté qui la faisait briller à l'embrasure de la porte de la salle. À ses pieds, un gros sac à dos qui me renseigna alors sur sa courte absence. Elle connaissait parfaitement ses parents, le caractère de son père qui voulait tout régenter, elle s'était doutée que la conversation qui s'orientait vers mes rêves de montagne, allait déclencher un véritable séisme. Elle s'y était préparée, ce soir elle allait quitter le domicile de son enfance, ses parents, elle était devenue femme et s'avançait, fébrile du fait de cette décision, mais somme toute confiante, vers une nouvelle vie avec l'homme qu'elle aimait. J'avais la chance d'être aimé.

Il faisait nuit, le diner avait duré et encore remué par le dénouement de mon interrogatoire, car en n'en pas douter, j'en avais bien subi un pendant tout le repas, mes mains tremblaient, non pas de froid et j'avais du mal à mettre la clef dans la serrure de l'antivol de mon vélo que j'avais attaché à un arbre en face du domicile des parents de Giuli. Elle m'avait demandé de l'attendre quelques instants, le temps de remonter son vélo de la cave, un superbe destrier tout carbone et contrairement au mien, sans garde-boue, seules deux petites loupiotes, une rouge à l'arrière et une blanche à l'avant, lui permettaient de se signaler aux autres usagers de la route. C'était un vélo de course magnifique d'un bleu *céleste*, la couleur de la fameuse marque italienne qui avait connu ses heures de gloire après guerre, avec le *campionissimo*, Fausto Coppi. Giuli ne m'avait jamais parlé de son vélo et encore moins d'une passion qu'elle n'avait pas encore eu l'occasion d'évoquer, celle du cyclisme, mais j'aurais dû m'en douter à la façon dont elle détaillait discrètement ma monture, un vieux Motobécane de course des années 1970 équipé tout Campagnolo. Il avait appartenu à mon père dont les rêves de gloire n'avaient jamais abouti. J'y avais rajouté deux porte-bagages, un à l'avant et un à l'arrière et des petits feux clignotants que j'avais associés à des catadioptres coincés entre les rayons des roues afin d'être bien vu quand la lumière du jour déclinait.

*

Nous avions à peine une petite dizaine de kilomètres à effectuer en ville pour rejoindre mon refuge qui provisoirement était situé dans le sous-sol aménagé de mes parents. Ces derniers m'aidaient un peu financièrement et avaient accepté de me loger à la condition que je vive ma vie et que je ne vienne pas troubler la sérénité de leur retraite. Et c'était le cas, je respectais leur intimité. Bien entendu, je ne refusais pas les invitations régulières de la Mamma qui à l'occasion cuisinait mon plat préféré, les *lasagnes al forno.* J'aime, à m'en faire éclater la panse, les lasagnes au four préparées par ma mère. Je ne sais pas si c'est culturel ou génétique, probablement les deux, mais je me damnerais comme Faust pour vivre éternellement, rien que pour le plaisir de manger des pâtes en arrosant le tout d'un bon verre de Barolo ou de Montepulciano, des vins de Toscane. Après réflexion, cela devait être sûrement génétique. Les racines restent profondément ancrées au plus profond des êtres que nous sommes et les miennes étaient plongées dans le sol Toscan à l'ombre des allées de cyprès qui bordent les vignobles. Mon père avait hérité de son grand-père, d'une petite maison et d'un champ d'oliviers à Cortona, dans le sud de la Toscane, à mi-chemin entre Montepulciano rendu célèbre par son vin et Arezzo. Un employé de la commune entretenait le terrain, ramassait les olives et produisait de l'huile bio. Chaque année, nous recevions deux bidons de cinq litres qui agrémentaient alors la cuisine de Mamma. Personnellement, même si je ressentais les racines de ce pays, je n'y étais jamais allé. Pour moi, l'Italie se résumait au Val d'Aoste, au Grand Paradis et au Val de Cogne. Seule la montagne présentait un attrait, il ne se passait pas une année sans que je ne franchisse le tunnel du Mont-Blanc pour déboucher sur Courmayeur et l'aventure pouvait alors commencer. Je me sentais Toscan même si j'étais né en région parisienne, français et bien intégré, sans me poser la question de savoir si un jour je n'effectuerais pas le grand retour vers la terre de mes ancêtres.

De la Toscane, j'en avais très peu parlé à Giuli. Comment parler d'une région que l'on ne connaît pas et je ressentais quand j'évoquais certains sites comme Florence et Sienne que j'aimerais un jour visiter, une certaine émotion, ses yeux s'agrandissaient et le vert de ses yeux scintillait.

*

Giuli avait allumé les petits feux clignotants sur son vélo, ajusté son casque, sanglé son sac à dos autour de la taille. Elle était prête à prendre la route. Nous allions entamer notre chevauchée vers la banlieue, dans un Paris où seuls les oiseaux de nuit erraient d'une terrasse à une autre et où se rejoignaient ceux qui venaient d'assister à un spectacle ou à une séance de cinéma. Il était aisé de se déplacer dans cette ville rendue cyclable depuis la crise du CoVid que nous avions connue, il y a quelques années. Nous pouvions circuler en toute sérénité et sécurité, sans la crainte d'être confronté à un refus de priorité ou encore qu'un véhicule, excédé par notre liberté, nous frôle, voire même nous envoie au tapis avec toutes ses fâcheuses conséquences. Le moins pire étant une roue voilée, le plus étant des os brisés. Un cycliste n'a pas de carrosserie et il avait fallu un certain temps pour que les automobilistes ou encore les livreurs en estafette, de véritables *Fangio*, le comprennent. Mais maintenant, c'était chose acquise. La France se déplaçait à vélo. C'était bon pour la santé, le porte-monnaie et bien entendu la planète.

Nous remontâmes les Champs Élysée, un beau faux plat que les coureurs du Tour de France empruntent chaque année depuis plusieurs décennies, à l'exception de celle des Jeux Olympiques à Paris en 2024 où l'arrivée fut jugée à l'issue d'un contre la montre à Nice.

Giuli avançait à un rythme qui me surprit. Son coup de pédale était souple, il ne semblait pas y avoir d'effort, c'était léger et pur. À n'en pas douter, j'étais amoureux et tout ce qui la concernait, était beau et son coup de pédale ne dérogeait pas à la règle. Elle était bien posée sur son vélo, elle ne se déhanchait pas, son rythme ne faiblissait pas et je dois bien avouer que même si mon job de livreur de prospectus constituait un bon entrainement, il s'en serait fallu de peu, probablement deux ou trois kilomètres heure de plus, pour que je la laisse s'échapper vers l'Arc de Triomphe qui se rapprochait de plus en plus rapidement. Je fus soulagé quand nous entamâmes la descente sur l'avenue de la Grande Armée. Quelques minutes plus tard, nous arrivâmes à destination. J'ouvris avec précaution le portail afin d'éviter de le faire grincer et réveiller mes parents. Nous posâmes nos vélos sous le porche et enfin, pénétrâmes par la porte du garage dans mon refuge au confort sommaire, mais suffisamment douillet pour s'y réfugier. Ce soir-là, un grand pas avait été réalisé. Giuli avait conquis sa liberté, mon cœur, lui, n'était plus à conquérir tant il lui était acquis.

Ce soir-là, nous fîmes l'amour. Énormément de tendresse se dégageait de notre étreinte, le temps, le reste du monde ne comptait plus pour nous. J'étais allongé sur le lit et Giuli était assise sur moi et malgré la pénombre de la chambre, je pouvais la voir et deviner l'expression de son visage.

Qu'elle était belle. Qu'elle était douce. Et plus le plaisir montait en moi, par vagues de plus en plus rapprochées, plus je sombrais dans cet amour, sans retenue, sans culpabilité, car maintenant je savais que je n'avais jamais aimé auparavant. Mes yeux s'étaient habitués à l'obscurité et je distinguais nettement les contours de son corps, là devant moi. Je sentais ses mains posées en appui sur mon torse, ses ongles qui malgré sa retenue, s'enfonçaient dans ma poitrine au fur et à mesure qu'elle entrait dans la jouissance.

Je perçus deux étoiles qui brillaient dans la nuit au milieu du visage de cette femme que j'aimais tant et quand un halo de petites lucioles bleues entoura ma bien-aimée, je pris conscience que cette vision fantasmagorique me signifiait que je l'aimais encore plus que je ne le ressentais.

Aucun mot n'aurait pu décrire mes sentiments et aucun instant de ma vie n'avait été aussi intense. Ces lucioles je les connaissais, je les avais déjà perçues quand au col de la Brenva, sur la voie du Mont-Blanc, émerveillé j'admirais le soleil émergeant du massif du Grand Paradis en Italie.

Le soleil, tout comme Giuli, pâle dans la nuit, s'était entouré de fines étincelles bleutées, les premiers rayons de l'astre illuminant les cristaux de neige que le vent soulevait, pour m'offrir ce spectacle de l'infini. Quand la jouissance arriva, simultanément pour nous deux, nous comprîmes que nous étions entrés dans un autre monde, le notre et rien ne pourrait jamais nous séparer, nous ne faisions plus qu'un. Le lendemain matin quand je me réveillai, je sentis sa chaleur, j'entendis sa respiration régulière et paisible avec un léger ronronnement, elle était blottie contre moi, ses cheveux mêlés aux miens, je restai ainsi sans bouger pour ne pas la réveiller, émerveillé par cette douceur qui venait d'entrer dans ma vie. Je pensais à l'éternité, mais c'était bien plus que cela.

Chapitre 4

« *Tu* étais *là ! Debout et bien droite dans ta tunique noire derrière le pupitre, le menton légèrement relevé comme si tu défiais l'auditoire. Ton attitude leur signifiait qu'ils ne te faisaient pas peur. Ta voix n'avait pas tremblé quand tu avais dû répondre aux questions du jury réuni pour la présentation de ta thèse. Tu* étais *magnifique, sure de toi, précise dans tes réponses, tu avais maitrisé ta présentation. Ton sujet tu l'avais développé, travaillé et retravaillé tout au long de ces cinq dernières années. Je t'avais lu et relu encore une fois, plusieurs fois même sur certains chapitres, corrigeant ça et là quelques coquilles et ce jour-là, je ne saurais dire si je frissonnais de plaisir ou de peur. J'attendais fébrile, tout comme toi qui pourtant restait sereine, le verdict* ».

*

« Influence du Concile de Florence dans la réunification des Églises chrétiennes d'Orient et d'Occident ». Ce sont mes origines et sa passion pour Florence qui avaient guidé son choix de thèse. De plus, ce Concile avait permis la plus importante rencontre entre intellectuels byzantins et italiens, une époque charnière qui basculait du Moyen Âge à la Renaissance. Nous n'étions pas encore allés ensemble à Florence, ni même en Italie, mais à n'en pas douter, nous ne tarderions pas à nous y rendre. Giuli y avait effectué plusieurs séjours et s'était alors enfermée dans les nombreuses bibliothèques de la ville pour ses recherches, en particulier la *Riccardiana* qui renfermait de véritables trésors depuis le dix-septième siècle. Au sein du palais *Medici-Riccardi*, elle eut accès à des ouvrages et manuscrits parmi lesquels l'autographe de l'Histoire de Florence de *Machiavel* ainsi que différentes copies de la Divine Comédie de *Alighieri*, connue et étudiée dans le monde entier.

Ses parents étaient présents, assis au premier rang, dignes ou hautains, j'étais incapable de le distinguer, je ne les connaissais pas. La seule fois où je les avais rencontrés, c'était la première fois, il y a huit ans lors d'un repas où j'avais subi une véritable inquisition et depuis le départ de Giuli, les ponts étaient rompus. Aujourd'hui, souhaitaient-ils renouer ? Leur fille n'avait pas arrêté ses études pour le vaurien qu'ils pensaient que j'étais, elle était même allée au-delà de leurs espérances. Ce soir-là Giuli avait démontré toute sa force et son expertise, son doctorat en Histoire de l'Art venait de lui être décerné avec les félicitations du jury. Quant à mes parents, ils étaient juste derrière moi. Mon père imperturbable, pas un mot ni un sourire et ma mère, émotive ne put retenir des larmes de fierté et de joie à l'annonce du résultat. Ils l'avaient adoptée Juliette dès les premiers instants, ils l'avaient aimée comme leur fille et même si mon père était toujours sur sa réserve, sa froideur naturelle qui en fait était une timidité maladive, ses regards ne trompaient pas. On y lisait de la tendresse pour cette petite bourgeoise maigrelette et intelligente aux yeux verts pétillants comme les bulles dans une bouteille de Proseco, ce mousseux italien qui accompagnait avec bonheur le Panettone ou encore la Colomba de Pâques. S'il admirait avec sa discrétion habituelle ma compagne, en ce qui me concerne, son jugement était plus nuancé, un fils diplômé dont il avait été fier, mais qui gagnait sa vie avec de petits boulots, un véritable gâchis. Sa seule réussite était bien d'avoir rencontré cette Juliette qui était intelligente et avait la tête bien posée sur les épaules pour deux. Peu m'importait ce qu'il pouvait penser, mais au fond de lui, il était fier et heureux de mon bonheur. Si seulement il avait pu me le dire. Si seulement il avait pu sortir de sa réserve et de sa raideur. Si seulement !

Ma mère, Mamma, elle, la considérait comme sa fille, la fille qu'elle aurait tant aimé avoir. Elle avait prié la Sainte Vierge, déposée des cierges à l'église, mais rien n'y faisait et à vrai dire, Babbo ne voulait pas d'un second enfant. Issu d'une famille nombreuse, un enfant lui suffisait amplement. Il préférait en élever correctement un plutôt que de connaître des fins de mois difficiles avec un deuxième d'autant plus qu'il ne doutait pas qu'avec son instinct maternel surdéveloppé, Mamma en aurait voulu un troisième, voire même un quatrième et ça, il ne le voulait pas. J'avais donc été enfant unique, choyé et dorloté par ma mère. Surveillé et cornaqué comme une bête sauvage par mon père jusqu'à la fin de mes études. Je ne manquais de rien, vraiment de rien du tout sauf peut-être de liberté et cette dernière je pus la trouver enfin en montagne.

*

La montagne, j'avais voulu la faire découvrir à Giuli, car aller en montagne que ce soit pour découvrir un paysage à partir d'un sentier ou encore, et je mesure mes mots, le monde en haut d'un sommet, est une philosophie de vie et une éthique. Le montagnard, quel que soit son niveau de pratique est avant tout un esthète à la recherche de la pureté et d'une communion avec la nature. L'espèce humaine est un élément de la biodiversité et elle retrouve en montagne sa place, sa véritable place, celle de l'humain qui en toute humilité reconnaitra qu'il n'est qu'un maillon de la nature et que cette dernière ne lui appartient pas. En effet, il ne va pas la conquérir même s'il arrive en haut d'un col ou d'une montagne de légende. Non ! Il aura simplement composé avec les éléments et c'est cette capacité à le faire qui lui donne les compétences propres à évoluer dans un univers qui peut sembler accueillant en moyenne montagne, mais qui soudainement devient hostile en haute montagne. J'étais convaincu que Giuli pouvait adhérer à cet éthique d'autant plus que l'effort ne la rebutait pas et j'avais pu le mesurer lors de nos longues randonnées à vélo.

Notre vie commune n'avait pas entravé nos passions. Moi la montagne, elle c'était le vélo et je la suivais avec quelques difficultés, notamment dans les cols que nous allions explorer. Elle était plus légère que moi et il faut bien convenir que c'était un avantage lorsque la pente se redressait.

Un été, nous avions posé nos sacs et nos vélos à Bessans dans la vallée de la Maurienne. Je comptais bien y faire quelques randonnées et entrainer Giuli dans une des nombreuses écoles d'escalade de la vallée où je pourrais l'initier au maniement des cordes et de l'assurage, avec une idée derrière la tête. L'emmener un jour en haute montagne et partager avec elle ce monde qui lui était étranger. Giuli aussi avait des idées derrière la tête. Comment aurais-je pu en douter. Elle avait repéré, avec son infatigable désir de recherche que ce village possédait des traces de peintures rupestres que l'on pouvait observer au lieu-dit « Rocher du Château ». Enfin, la chapelle Saint-Antoine possédait une galerie de peintures murales qui ayant fait l'objet d'une étude, avait été présentée à l'Académie des sciences, belles lettres et arts de Lyon en 1918. Giuli avait bien l'intention de profiter au maximum de ce séjour que nous voulions tous les deux sportifs, nous étions bien d'accord sur ce point. Ce qui m'avait échappé, c'est qu'elle voulait également explorer la culture locale, son histoire, ses légendes et notamment celle du diable de Bessans qui figurait sur tous les objets à touristes, mug, porte-clefs et statuettes en bois certainement fabriqués en Chine, rien de bien local. Rien à voir non plus avec sa thèse sur Florence, mais sa curiosité n'avait pas de limite et quand elle découvrait un intérêt à un site, plus rien ne pouvait l'arrêter. Ses yeux verts pétillaient et avec l'habitude, j'avais compris que rien ne pouvait plus la retenir, nous partirions à l'aventure. Le volet sportif de ces vacances ne fut pas en reste, elle avait l'intention d'affronter le col mythique de l'Iseran niché à 2770 m au départ de Bonneval sur Arc, une ascension de treize kilomètres. En fait rien ne l'arrêtait et ce géant des Alpes, une légende du Tour de France qui connut la défaillance et l'abandon de Louison Bobet en 1959, mais aussi un raid victorieux de Claudio Chiappuci en 1992, ne l'intimidait pas.

Nous étions convenus que nous monterions tous deux, chacun à notre rythme et le premier arrivé attendrait l'autre pour immortaliser avec une photo l'exploit du jour. Nous allions parcourir une route véritablement sublime qui nous hisserait à la hauteur de tous les sommets environnants que j'avais par ailleurs déjà foulés lors de mes escapades alpines. Je ne serais pas perdu, je me sentais chez moi à la différence près que cette fois-ci, je grimperais assis.

Les premiers kilomètres se franchirent aisément, j'étais devant et je pouvais apercevoir Giuli, un lacet plus bas, nous montions effectivement chacun à notre rythme, c'était le plus important, il n'y avait pas de compétition entre nous deux. Du moins pas pour moi. Cependant à mi-parcours, la pente se redressa me conduisant à me dresser sur les pédales, suant à grosses goûtes. C'est à cet instant que je compris que cette montée se transformerait en cauchemar pour moi, certainement la malédiction du diable de Bessans dont je m'étais moqué lorsque Giuli avait voulu m'expliquer tous les détails de cette légende. Avait-elle alors signé un pacte avec lui, car elle venait de me doubler, tranquillement, tout en souplesse, un coup de pédale rond et sans effort alors que j'étais pratiquement en équilibre à l'agonie sur la pente. Je la vis s'éloigner progressivement jusqu'à disparaître de ma vue. Dans la dernière rampe avant le sommet du col, je posai pied à terre, je n'en pouvais plus et il fallait à tout prix que je me reprenne pour ne pas arriver déconfit.

Enfin, mon supplice prit fin et j'aperçus Giuli, entourée d'un groupe de cyclistes qu'elle avait rattrapés et déposés comme il se doit dans les pourcentages les plus raides. Ils étaient admiratifs de son exploit, moi d'elle. Ses yeux pétillaient, les miens ne pouvaient tromper sur mon état d'épuisement. En fait, l'histoire se répétait. J'avais connu la défaillance de Louison Bobet, elle, le raid victorieux de Chiappuci. Bref ! Nos vacances étaient toujours pleines de surprises.

Si pour elle, la montagne c'était le vélo, pour moi c'était la randonnée alpine et là encore, nous allions découvrir d'autres aspects de nos personnalités respectives. Giuli n'était pas rétive à l'idée de partir en altitude, crampons aux pieds et piolet à la main. C'était une expérience après tout et puis c'était mon monde. Elle voulait le découvrir comme elle m'avait découvert, un bel après-midi sur la terrasse d'un café, sortant du Vieux Campeur rue des Écoles avec deux sacs remplis de matériel d'alpinisme.

*

Les membres du jury s'étaient retirés et nous n'étions plus qu'une petite dizaine de personnes, famille et amis, autour de la table où nous avions préparé un petit buffet afin de fêter le doctorat, brillamment obtenu, de Giuli. Elle était maintenant docteur en Histoire de l'Art et pouvait envisager de laisser tomber tous les petits boulots qui mettaient du beurre dans les épinards de notre quotidien. Rechercher et postuler à un poste de professeur en université était maintenant l'objectif qu'elle s'était fixé.

Son père s'approcha d'elle et après huit longues années de diète affective, lui passa timidement une main sur ses épaules pour enfin se rapprocher encore plus et la prendre dans ses bras. Ils restèrent ainsi un long moment immobiles, figés telles des statues, suffisamment de temps pour que des larmes perlent et glissent le long de leurs joues, cela faisait si longtemps, une éternité. Giuli n'en parl0ait jamais, n'évoquait jamais ses parents, mais la souffrance était présente, enfermée dans son cœur. Elle avait fait un choix, celui de l'homme qu'elle aimait et ce choix, elle ne l'avait jamais regretté, c'était également celui de la vie et de l'amour. Les parents ont toujours du mal à comprendre les choix de leurs enfants. Sa mère se rapprocha et l'enserra également dans ses bras, Giuli était maintenant prise dans un cocon, celui de ses parents qui tel l'enfant prodigue de la Bible, revenaient vers elle avec humilité et recherchaient le pardon. Son père la lâcha un instant et me tendit la main, je fus surpris plus qu'étonné tant l'émotion qui nous étreignait tous était intense et palpable dans l'atmosphère surchauffée de la salle. Une goutte de sueur perla sur mon front, je rougis et acceptai cette main tendue qui écrasa la mienne en tremblant et lentement m'attira vers le trio. Il me passa la main sur le dos, rapprocha son visage du mien et m'embrassa avec tendresse aussitôt suivi par sa femme. Ils n'avaient pas eu confiance dans le choix de leur fille, ils n'avaient pas eu confiance en moi lors de notre première rencontre, ils s'étaient trompés et leur attitude ce soir-là, empreinte d'une certaine gêne, n'était autre qu'une prière, la recherche de l'oubli qui est l'instrument de la mémoire. Mes parents assistaient émus à la scène et ma mère, en tirant sur la veste de mon père, vint nous rejoindre dans cette communion de larmes et de joie, tous ensemble nous formions enfin une famille, nous étions unis, le passé s'était évanoui, seul comptait le présent. Ce que je pensais impossible venait de se réaliser, nous formions une famille.

Avant de nous quitter ce soir-là, le père de Giuli lui glissa une enveloppe blanche, un quelque peu chiffonnée, cela faisait des mois, peut-être des années aussi qu'elle était prête dans la poche de son pardessus, mais l'occasion de la sortir pour la donner ne s'était pas présentée, le hasard avait refusé d'être de la partie. Giuli la prit et la glissa dans son petit cartable d'étudiante, elle l'ouvrirait par pudeur plus tard quand nous serions rentrés. Elle embrassa de nouveau tendrement son père, sa mère, salua ses amis et nous primes le chemin de retour vers notre petit appartement en banlieue.

Cela faisait déjà trois ans que nous avions déserté le sous-sol de mes parents, nous avions des revenus mensuels, à nous deux qui nous permettaient d'assumer la location d'un logement. Pas bien grand, mais suffisant avec l'avantage d'avoir un garage à vélo sécurisé. Pour nous, ce fut un des critères de choix, car nous n'avions toujours pas de voiture et à l'occasion quand nous ne pouvions prendre le train pour nous déplacer, nous louions une voiture électrique pour un coût très raisonnable. Le vélo restait prioritaire pour nos déplacements quotidiens en ville ainsi que pour nos loisirs quand nous décidions d'aller nous oxygéner dans les campagnes alentour, notamment la vallée de Chevreuse que Giuli affectionnait en particulier en m'infligeant le supplice de la côte de Dix-sept Tournants.

Ce n'est que le lendemain matin que Giuli se souvint de la lettre qu'elle retrouva maintenant bien plus que chiffonnée, car elle avait séjourné toute la soirée et la nuit sous un gros classeur, celui qui l'avait assistée lors de la présentation de sa thèse.

Elle la décacheta et déplia la lettre qu'elle contenait avec délicatesse, prenant son temps, qu'allait-elle découvrir dans cette missive aussi surprenante qu'inattendue ? Cette lettre accompagnait un chèque au nom de Giuli, un gros chèque, une forte somme qui allait certainement nous permettre de prendre une nouvelle direction. Mais le plus important restait les mots qui s'articulaient pour former des phrases emplies de regrets et également de fierté. Les mots étaient doux, telles des caresses dans l'esprit de Giuli qui avait déjà pardonné la veille, mais probablement aussi depuis plus longtemps.

Le chemin du pardon est souvent long à parcourir. Il doit faire fi aux blessures et au ressentiment, mais à son terme il ouvre la voie à l'oubli et au bonheur. C'était cela le plus important, la souffrance s'effaçait, le cœur s'ouvrait et la pensée se perdait dans la bienveillance et la tendresse.

Chapitre 5

« Ah ! Giuli. Je n'ai pas vu le temps passer cet après-midi. Je me suis simplement allongé après avoir englouti une conserve de raviolis, c'était lourd à digérer et je me suis endormi. Si nous allions faire une passeggiata le long du lac, rien que nous deux, à l'ombre des arbres qui longent la promenade. Il est maintenant trop tard pour retourner à l'étude de mon associé, je sais qu'il ne m'en voudra pas. ».

*

Forte de son diplôme et du chèque de son père, Giuli avait recherché un poste de professeure en université et la première réponse qu'elle reçut, fut la bonne. Son doctorat en Histoire de l'Art allait faire le bonheur des étudiants à Genève. La décision fut prise rapidement, nous allions quitter la région parisienne pour rejoindre une terre que j'affectionnais particulièrement et pour être plus précis, une ville, Annecy en Haute-Savoie à une trentaine de kilomètres de la Suisse. Je me rapprochais enfin de la montagne que je chérissais tant, le Mont-Blanc, mais aussi de l'Italie. Moins de trois heures pour rejoindre Turin et Milan, en gros sept à huit heures pour plonger dans le cœur de la Toscane avec une recharge de la batterie de la voiture à mi-parcours.

En quelques années, notre situation avait changé, certains pourraient dire évolué, du moins c'est ainsi que nos parents respectifs appréhendaient notre départ et les carrières dans lesquelles nous étions entrés, Giuli et moi.

Giuli prenait le train deux fois par semaine pour se rendre en Suisse et rejoindre dans l'amphi des étudiants attentifs et appliqués qui prenaient note, mot par mot, des propos de leur professeure.

Pour ma part, je m'étais enfin assagi. Fini les petits boulots, j'avais changé de vie et ce n'était pas pour déplaire à ma compagne. J'avais le cheveu court, car il faut bien l'avouer que le temps passant, j'avais une forte propension à la calvitie, comme mon père d'ailleurs, il me fallait supporter le poids de cet héritage génétique. Je gardai ma barbe, mais elle était soigneusement taillée et enfin, j'avais troqué mon éternel jean, tee-shirt basket pour une tenue plus conventionnelle correspondant à l'avocat que j'étais devenu, flanelle, chemise blanche et mocassins.

Avocat spécialisé en Droit Public, je l'étais devenu quand nous étions encore en région parisienne et que Giuli arrivait pratiquement au terme de sa thèse. J'avais toujours des petits jobs pour lesquels j'utilisais exclusivement mon vélo lors de mes déplacements. Même si les voies de circulation étaient de plus en plus sures pour les cyclistes, il restait encore des zones d'ombre et un matin, alors que j'empruntais un rond-point, un livreur en estafette, certainement très pressé, m'avait coupé la route et l'inévitable se produisit. Je n'ai plus aucun souvenir du choc. Il fut violent et quand je me réveillai à l'hôpital, Giuli était près de moi, me tenait la main en attendant que je sorte de ce profond sommeil dans lequel j'étais plongé. Il y avait eu comme un grand blanc, je me revoyais sur la route, l'estafette et plus rien jusqu'à ce que mes yeux s'ouvrent de nouveau dans l'atmosphère aseptisée d'une chambre aux urgences.

Le bilan ne pouvait être plus clair. Plusieurs fractures et quelques mois d'hospitalisation et de rééducation m'attendaient afin que je retrouve l'ensemble de mes moyens. Je ne savais comment occuper ces longues journées entrecoupées par les nombreuses visites quotidiennes de Giuli qui avait également trouvé un rythme. Elle étalait ses livres et documents sur la petite desserte de la chambre et poursuivait la rédaction de son mémoire sur son ordinateur portable.

Un jour, je lui avais demandé de me ramener un manuel de droit. J'avais aimé mes études même si je ne les avais pas fait fructifier à leur issue et ce, au plus grand désespoir de mes parents, tant d'années à étudier et pour quel résultat, finir livreur de prospectus à vélo. De fil en aiguille, je me replongeai dans les jurisprudences des juridictions administratives, j'y repris goût, rédigeai des fiches, retrouvai une envie, celle de m'orienter professionnellement vers un métier plus intellectuel. Devenir guide de haute montagne n'était plus envisageable, je devais en faire le deuil au regard des séquelles de cet accident que je garderais à vie. Vingt années d'alpinisme étaient à ranger au rayon des souvenirs, pour le kinésithérapeute c'était une évidence, je devrais à l'avenir me contenter de randonnées à pied et à vélo, c'était déjà pas si mal, j'avais échappé au pire. Une page, et pas une des moindres, venait de se tourner. À ma sortie du centre de rééducation, j'avais exploré l'ensemble des champs du Droit et m'étais préparé à concourir afin d'obtenir le diplôme qui me permettrait d'exercer une nouvelle profession, plus stable et moins périlleuse sur le plan physique. Dans l'année qui suivit, Giuli arriva enfin au terme de sa thèse, y mit le point final qui devait la conduire à sa présentation, pour ma part j'avais obtenu la certification qui m'ouvrait une nouvelle voie. J'étais devenu avocat spécialisé en Droit Public et commençais à apporter mon expertise dans des dossiers de contentieux auprès des tribunaux et cours administratives d'appel. Les choses se précipitèrent ensuite. Giuli obtint son doctorat, décrocha un poste de professeure en Suisse, notre vie allait changer et nous posâmes nos valises en Haute-Savoie. C'était une de ces ironies que la vie nous réserve. Je me rapprochai de mes montagnes, j'avais tant attendu de ce moment, mais à défaut de les escalader, il me faudrait maintenant les contempler. Mais peu importe, Giuli était près de moi, n'était-ce pas le plus important ?

*

Que restait-il de notre ancienne vie ? Nous nous déplacions toujours à vélo sur un superbe réseau de pistes cyclables sécurisé et dans le centre-ville entièrement piéton. Il faut le reconnaître, Annecy était une ville qui avait mené à bien une transition écologique qui s'avérait indispensable dans un contexte de dérèglement climatique. L'urgence du changement avait été une évidence pour les élus de l'époque qui s'étaient saisis avec sérieux et responsabilité de la problématique. Je rajouterais même, avec courage et ne craignant pas de perdre les élections suivantes au regard des décisions prises qui dans un premier temps, ne furent pas très populaires. Mais l'intérêt général l'est souvent peu et avec le temps, la population autrefois rétive au changement avait finalement compris les enjeux de cette politique. Ils avaient anticipé pour s'adapter au mieux aux fortes chaleurs estivales qui duraient maintenant jusqu'à la fin novembre et reprenaient à l'amorce du printemps. Il n'y avait plus véritablement de saisons, plus de normes en termes de climat et nous étions tous résignés, malgré les efforts qui furent tardifs. L'humanité ne survivrait au mieux sur la planète pas plus de deux siècles. Mais égoïstement, même si nous avions fait de notre vie un modèle de sobriété, nous savions que nous aurions encore de belles années devant nous pour nous aimer et continuer à découvrir de nouvelles expériences.

Malgré nos efforts et notre passion, nous n'avions pu avoir d'enfant au grand désespoir de nos parents, c'était ainsi. Nous aurions aimé, mais nous ne pouvions et cette page, nous l'avions tournée, sans regret, sans nous retourner, car toujours égoïstement, nous nous suffisions l'un à l'autre, notre amour visait l'éternité et non les siècles à venir qui verraient l'extinction de l'humanité. Nous allions au-delà du temps. Notre amour qui avait pris naissance sur la terrasse d'un café était toujours aussi intense et imperméable aux agressions du quotidien et de la vie. Beaucoup parlaient de la routine qui s'installe au fil des ans dans la vie d'un couple. En ce qui nous concernait, nous ne l'avions jamais croisée au cours de ces quinze dernières années et ignorions à quoi elle pouvait ressembler. Tous les soirs, nous nous endormions l'un contre l'autre, enlacés avec une immense tendresse, tout en partageant la chaleur de nos corps. Nous n'étions vraiment pas pris dans le tourbillon du temps qui passe et endort la passion, la nôtre était toujours vive et le serait éternellement.

PARTIE 2

Chapitre 1

— Alleeeez ! Réveille-toi !

Non ! Je n'ai pas envie de me réveiller, je suis bien au chaud sous la couette.

— Svegliatti paresseux, allez debout, dai !

Je m'enfonce dans le lit et je ne bouge plus, je suis trop bien. J'ai travaillé toute la semaine sans relâche, j'y ai même passé mon samedi. Alors aujourd'hui, c'est dimanche et pour moi, c'est grasse matinée. Plus un bruit, je crois qu'elle a compris.

— Allez debout ! Il fait beau, un superbe soleil, un ciel bleu, on va faire une sortie à vélo.

Je ne bouge toujours pas et de plus, pas vraiment envie d'aller faire du vélo aujourd'hui. Je ne veux rien faire, rien de rien, buller toute la journée ou alors, à la limite, une *passegiatta* au bord du lac, tranquille en début d'après- midi. M'asseoir sur un banc et regarder au loin les montagnes qui se détachent à l'horizon, la Tournette qui en ce mois de décembre n'a toujours pas de neige à son sommet et n'en aura probablement plus avec le réchauffement climatique. Ou encore le Parmelan que j'ai rebaptisé le « Parmesan », mais qui en fait ressemblait quand il y a avait de la neige, à une énorme « forêt noire » alternant des stries de crème et des parties plus sombres. J'aime ce gâteau et rien que d'y penser, j'ai soudainement un petit creux qui se manifeste dans mon estomac et s'accentue avec le doux fumet du café dans la pièce d'à côté. Mais j'ai décidé de résister, je reste couché, bien au chaud, la couette remontée au-dessus de la tête, je ne suis plus qu'une masse immobile que l'on devine dans le lit, recroquevillé comme un fœtus dans le ventre de sa mère.

— Je t'aurais prévenu. Si tu ne te lèves pas, je vais agir et tu vas le regretter.

Je ne réponds pas. Giuli a l'air d'être en forme ce matin et je me demande bien ce que je vais regretter. En tout cas, c'est cuit. Même si je ne bouge pas, je suis cette fois-ci réveillé et l'odeur du café vaincra certainement mes dernières résistances.

Ahhh ! Elle vient de passer à l'offensive. Tout d'abord, je sens un coup de polochon sur la tête, un deuxième suit et puis un troisième. Et après ?

— Nooon Giuli ! Pas les chatouilles. Non ! Ce n'est pas sympa.

Elle s'acharne sur moi, je me tords dans tous les sens, je ne supporte pas les chatouilles, elle va gagner. Elle a trouvé le meilleur moyen pour qu'enfin, je me lève.

Je me redresse dans le lit. Elle est là, assise sur moi à califourchon, elle me bloque, je ne peux plus bouger et elle rit tout en me regardant. Non ! Je ne peux pas résister, son visage est illuminé par sa victoire, ses yeux pétillent, je l'aime.

— Allez ! Lève-toi. Il est déjà 11 heures, c'est encore une belle journée qui s'annonce, un beau soleil et il fait très doux. pas besoin de collant long, un cuissard et un maillot seront suffisants aujourd'hui, on va faire une belle ballade autour du lac. Tu verras, tu ne le regretteras pas et en plus j'ai une surprise pour toi, tu vas voir.

Je dois avouer que je suis intrigué. Une surprise. Je me demande bien ce que cela peut être, elle a tellement d'imagination. Elle descend du lit et me libère enfin, quoique je ne me sentais pas si mal dans cette position qui réveillait mes instincts et j'aurais bien poursuivi par un autre sport qu'une sortie à vélo. Mais bon ! Je dois m'y résoudre et l'idée d'une surprise attise ma curiosité.

Je sors de la couette, me lève et m'étire, les bras au-dessus de la tête et là, un nouvel éclat de rire.

— Alors l'homme de Vitruve, tu veux me montrer tes muscles, mais je te préviens, les rideaux sont tirés et les voisins vont profiter du spectacle.

J'enfile à la hâte un tee-shirt pour recouvrir en partie ma nudité et un jean pour compléter ma tenue, je me dirige en traînant les pieds vers la cuisine. Pas besoin de lunettes, l'odeur du café chaud suffit pour m'orienter.

Ma tasse est remplie à ras bord, entourée par deux tartines bien beurrées comme je les aime et recouvertes d'une fine épaisseur de confiture à la fraise. Tout est réuni pour me mettre de bonne humeur. C'était donc cela surprise ? Eh bien non ! Alors que je savourais la première bouchée, Giuli me tendit une feuille de papier, un mail.

— Qu'est-ce que c'est ?

— Bah c'est la surprise.

Me dit-elle avec un large sourire.

— Il va falloir que tu m'en dises plus, car sans mes lunettes, je n'arrive pas à lire.

Et je lui redonne la feuille agrémentée en plus de tâches de confiture qui avait coulé sur ma main. Myope, presbyte, astigmate, sans mes béquilles visuelles j'arrive à voir, mais il ne faut pas me demander d'essayer de lire quoique ce soit.

— Nous partons en Toscane, en Italie, dans ton pays d'origine, tu es content ?

— En Toscane ? Mais quand ?

— Ben c'est ça la surprise. Pendant que tu dormais, je me suis connectée sur un site fréquenté par les cyclistes et je t'ai inscrit à un truc que tu vas adorer. Tu as le dossard numéro mille trois cent trente et un pour participer à une course vintage : l'Éroica à Gaiole in Chianti.

— Quoi ? Une course ?

— Ne t'inquiète pas, tu verras c'est sympa. Le parcours de cent six kilomètres emprunte des routes magnifiques, le Strade Bianche, les routes blanches, moitié goudron, moitié chemin et en Toscane. Imagine ces belles routes entre les vignes, bordées de cyprès. Ces domaines perchés sur les collines, les oliviers.

— Non, mais ça ne va pas Giuli, moi inscrit à une course de vélo.

Devant mon air effaré, elle se remet à rire avant de poursuivre.

— Non, sérieusement, tu vas aimer et je ne t'ai pas encore tout dit. Cette course, il faut la faire avec un équipement d'époque, vélo, maillot d'avant les années 1980 et bien sûr avec des cale-pieds comme au temps héroïque des champions qui roulaient sans électronique et petits moteurs dans le pédalier.

— Mais tu es sérieuse ? J'ai passé l'âge et puis moi le vélo maintenant, c'est uniquement pour des balades et t'accompagner.

— Peut-être que c'est pour m'accompagner, mais tu n'étais pas obligé de t'acheter un superbe Bianchi avec commandes électriques et freins à disque, tout en carbone et pesant moins de six kilos. Pour m'accompagner, comme tu le dis, le vieux vélo de ton père que tu devrais faire réparer pourrait suffire. Tu aimes bien jouer au champion, je te donne l'occasion de le devenir pour de vrai. Pas de classement, pas de limite horaire, juste le parcours à terminer sans oublier de faire tamponner aux relais, le petit carnet qui prouvera que tu as bien satisfait aux exigences de l'Éroica, tu seras mon cycliste héroïque que j'aime.

Je dois avouer que pour une surprise, c'est une surprise. Je ne m'y attendais pas. Pire encore, je ne vois pas ce que je vais aller faire dans cette galère si ce n'est devenir le cycliste héroïque de Giuli. Après tout, elle me demanderait d'aller sur la Lune, j'irais. Alors pourquoi pas la Toscane.

La sortie à vélo qui suivit le petit déjeuner fut agréable. Nous sommes le 15 décembre et fait du hasard, il fait quinze degrés, pas de vent et un soleil qui nous accompagne sur la piste cyclable qui ceinture le lac d'Annecy. Pas de difficultés non plus à la condition de prendre la route dans le bon sens, c'est à dire celui des aiguilles d'une montre. Dans le sens inverse, vous prenez le risque de vous confronter à une belle montée qui annonce les premières rampes du col de la Forclaz.

Tout au long de la quarantaine de kilomètres, je n'ai pas eu le temps de m'ennuyer. Giuli parle tout le temps, pas de pause, un peu comme si j'avais un autoradio embarqué. Elle parle et il lui arrive de chanter. Elle est intarissable sur la Toscane, me raconte les visites qu'elle a effectuées quand elle rédigeait son mémoire, les restaurants, la cuisine, l'histoire d'untel ou d'untel et les ragots qui ont traversé les siècles jusqu'à nous.

Après tout, cette petite sortie me fait du bien et achève d'éliminer la tension de la semaine, les rendez-vous, les clients, les audiences, les mémoires à rédiger. Tout cela est maintenant oublié et j'essaye d'imaginer ce que peut bien être cette course en Toscane. Je me connecterai sur le site dans la soirée quand, je n'en doute pas, Giuli sera plongée dans ses corrections de copies qu'elle doit rendre dans la semaine à ses étudiants.

Juste une question Giuli. Elle a lieu quand cette course et nous partons combien de temps ? Il faut que je prévienne mon associé de mon absence et peut-être que je décale certains rendez-vous, tu ne crois pas ?

Ne t'inquiète pas mon amour. Tu as le temps de prévenir qui tu veux, mais surtout t'entraîner, la course à lieu fin septembre. Nous partirons deux jours avant et autant en profiter un peu, nous y resterons quatre ou cinq jours de plus, histoire de visiter et pourquoi pas, aller voir la maison que ton papa t'a léguée, tu n'y es jamais allé.

Elle a raison Giuli. Je suis propriétaire d'une maison en Toscane et je n'y ai jamais mis les pieds. Tous les ans, je paye des impôts et des employés communaux qui m'avaient été adressés par la mairie, pour entretenir les abords. C'était mon héritage et je ne m'étais jamais posé la question de savoir si je devais la garder ou la vendre cette maison. J'étais trop occupé pour m'intéresser à la chose, mais Giuli avait raison, cela pouvait être l'occasion d'aller y voir de plus près et cela me permettrait certainement de prendre une décision.

Mais avant tout, il fallait préparer cette expédition Toscane. Un vélo d'époque, d'avant les années 1980, j'en avais bien un, celui que papa m'avait donné, son vieux vélo de course Motobécane, d'un beau vert olive dont la couleur était passée avec le temps. Ce vélo que j'avais transformé avec un porte-bagage pour faire mes livraisons de prospectus dans Paris et qui, je le pensais, avait terminé sa vie contre l'estafette qui avait également, mit fin à mes rêves d'alpiniste. La fourche était pliée, tout comme les tubes qui prenaient naissance sur le pivot de direction. Je l'avais gardé malgré ses blessures, c'était le vélo de mon père et je ne pouvais me résoudre à l'envoyer à la déchetterie, c'était sentimental et il m'avait suivi de Paris à Annecy, profitant depuis d'une calme retraite dans la cave de l'immeuble. Je décidai de le faire restaurer, lui redonner une nouvelle vie et je me mis à rechercher un artisan qui serait en mesure de le faire. La perle rare, je la trouvai sur internet, le cadreur qui pourrait panser les fractures de ma monture, exerçait à Roanne et peu importe le prix et le temps pour cette restauration, je ferais également revivre papa en redonnant vie à son vélo.

*

L'hiver passait tranquillement, cette année encore il n'y avait pas eu de neige en vallée quant aux stations en altitude, elles avaient dû se résoudre à réorienter leurs activités. Les remonte-pentes et les cabines qui subsistaient ne servaient plus à transporter des skieurs, mais plutôt des randonneurs et des passionnés de descente en vélo de montagne. C'était toute une économie des territoires qui avait évolué par la force des choses ou plutôt, la force de la nature. Le dérèglement climatique que beaucoup avaient nié était une réalité, dure pour tous ceux qui étaient dans le déni et conservaient l'espoir de jours meilleurs. Ces jours meilleurs, ils ne les verraient jamais. Seuls ceux qui avaient su anticiper tiraient leur épingle du jeu et proposaient des alternatives aux sports de glisse. La douceur hivernale, avec des températures qui ne descendaient plus sous les quinze degrés, offrait alors tout un éventail d'activités qui par le passé ne concernait que les estivants. À cette douceur, suivait alors depuis maintenant près d'une décennie, un printemps ensoleillé et chaud qui précédait la période des canicules à répétition. Des étés où l'on restait cloitré à l'ombre tous les après-midi, attendant que la vie reprenne en fin de journée. Nous nous y étions habitués, avions trouvé un autre rythme de vie, des habitudes, de longues soirées en terrasses avec des amis au bord du lac dont les rives s'éloignaient, chaque année un peu plus. Les pontons qui accueillaient les pédalos, s'étaient adaptés également et s'enfonçaient de plus en plus loin pour être au plus près de l'eau. Un jour certainement, comme de nombreux lacs dans les pays d'Afrique ou du Moyen-Orient, il ne resterait plus qu'une grande étendue sablonneuse et seuls des photos ou des films, rappelleraient à nos souvenirs un temps où l'on pouvait se rafraîchir en se baignant dans une eau claire et pure.

*

Alors que je rédige les conclusions d'un mémoire pour un restaurateur qui aurait été lésé dans le cadre d'un marché public dans une petite ville d'Auvergne, l'interphone interrompt ma réflexion. Je sauvegarde mon document, me lève, quitte mon bureau et me dirige vers l'entrée de l'appartement.

— Oui ?

— Bonjour monsieur, j'ai un colis pour vous. Il est encombrant, pouvez-vous descendre pour le récupérer et il me faut une signature.

Un colis encombrant contre signature. Je n'y pensais plus, nous sommes déjà à la mi-mai, l'artisan me l'avait promis, nous sommes dans les délais, c'est mon vélo.

J'ouvre le carton avec précaution. À l'intérieur, j'y découvre une véritable momie, mon cadre entouré de plusieurs couches de papier bulle que je découpe soigneusement avec un cutter pour enfin découvrir le squelette de ma future monture.

Il est magnifique. Vert olive pailleté, sa couleur d'origine. Il est vraiment magnifique avec l'inscription dorée Motobécane, des liserés or qui soulignent les raccords des tubes et mon nom, accompagné d'un petit drapeau italien sur le tube horizontal, près de la tige de selle. Mon vélo ! Mon vélo ressuscité. Mon cœur bat la chamade, un véritable coup de foudre, je suis amoureux, je caresse du bout des doigts l'émaillage brillant et d'une grande douceur, je l'aime.

La porte d'entrée claque, Giuli vient de rentrer. Elle entre dans le salon, me découvre assis dans le canapé, immobile, figé tel une statue et le regard fixe. Je suis en admiration devant le cadre posé en équilibre sur la table du salon. Je ne me rends même pas compte qu'elle est dans la pièce jusqu'au moment où je sens ses mains qui se posent sur mes épaules derrière moi, accompagnées d'un tendre baiser dans le cou qui me donne des frissons et me tire de ma léthargie.

— Alors ? Ça y est, il est arrivé ton vélo. Il est magnifique.

— Oui Giuli. J'étais loin d'imaginer un tel résultat. Il est comme neuf. Plus aucune trace de l'accident et des décennies qu'il a traversées. Cet artisan est un véritable magicien. Cela me paraît incroyable.

— Je te l'avais dit Rom que tu te prendrais au jeu. Tu ne voulais pas me croire et je suis certaine que cette course en Toscane, sera une nouvelle étape. Tu redécouvriras des sensations oubliées et pas seulement à vélo. Mais ces paysages, les odeurs, les gens, tu retrouveras ces racines que tu as rejetées. Il y a des choses qui ne s'expliquent pas, tu verras et je fais le pari que lorsque tu te seras plongé dans l'ambiance, tu n'auras qu'une seule envie, celle d'y retourner et pourquoi pas d'y rester.

— Je ne sais pas Giuli. Tu as peut-être raison, mais pour le moment il va falloir que je m'attelle à un chantier dont je ne sais comment je m'en sortirai.

— Quel chantier ?

— Il faut bien que je le remonte ce vélo. J'ai conservé un certain nombre de pièces, le guidon et la potence Cinelli, le pédalier Campagnolo, la tige de selle et la vieille selle en cuir Brooks. Mais il va falloir que je complète avec des freins, les dérailleurs et des roues à boyaux. À mon avis, cela ne doit pas être évident de retrouver des composants d'origine et surtout d'époque. Les années 1970/80, ça fait loin.

— Allez ! Ne t'inquiète pas, tu trouveras et puis, s'il le faut, je t'aiderai dans tes recherches. Cela ne me semble pas compliqué, les ressources en ligne ne manquent pas et peu importent le temps et le coût, nous avons encore quelques mois devant nous pour rassembler l'ensemble. Le plus important, du moins il me semble, c'est que tu continues à t'entraîner régulièrement, car je ne te cache pas qu'en Toscane, ça grimpe. Et puis, tu n'es plus très jeune.

Et elle éclata de rire, m'embrassa une nouvelle fois dans le cou. Je frissonnai à nouveau, incapable de savoir si c'était l'effet du baiser ou le fait qu'elle se soit moquée de moi en me rappelant qu'effectivement, le temps avait passé et ne m'avait pas épargné. Mais le temps n'épargnait personne et comme me le disait parfois mon ami Jean-Marc : la vieillesse est un naufrage.

Vieillir ne me faisait pas peur, après tout c'était naturel, mais le temps passait si vite et je ne pouvais m'empêcher de penser à notre différence d'âge avec Giuli. Je me sentais toujours jeune, voire même adolescent avec des passions décalées, mais le temps marquait mon visage, des douleurs surgissaient sans crier garde et seule, la pratique régulière du vélo me donnait l'illusion d'une forme physique qui me conduirait à l'éternité comme ces super héros immortels. Mais il fallait que je me rende à l'évidence, j'avais de plus en plus de mal à suivre Giuli dans les cols où elle m'entrainait avec l'énergie de sa petite quarantaine. Un jour et je le sentais proche, pour continuer à ce rythme, il me faudrait racheter un vélo avec une assistance électrique. J'en repoussais l'échéance avec orgueil, mais elle me semblait inévitable afin de profiter de ce bonheur que me procuraient ces longues randonnées avec Giuli par monts et par vaux.

*

Au fil des jours, mon bureau s'était transformé en un véritable atelier de réparation de vélo. Des clefs Allen côtoyaient les revues de l'actualité juridique, des traces de cambouis s'incrustaient sur les touches du clavier de mon ordinateur et des clefs plates remplaçaient avantageusement les marque-pages de mon gros volume des grands arrêts de la jurisprudence administrative. Vélo et droit cohabitaient harmonieusement et les nombreux petits colis que je recevais des quatre coins du pays, trouvaient une place dans les dents creuses de ma bibliothèque. Enfin vint le jour où toutes les pièces nécessaires pour donner vie à mon destrier furent réunies. Cela n'avait pas été chose aisée de retrouver ces éléments d'époque et surtout, de les retrouver à des prix raisonnables et encore fonctionnels. Giuli que le chantier entreprit émoustillait, avait été d'une grande aide. Elle avait négocié, sans lâcher prise et avec âpreté, avec les divers vendeurs qui comptaient bien arrondir leurs fins de mois avec ces ventes d'un autre temps.

Suspendu sur le pied d'atelier, le Motobécane retrouvait son aspect d'origine, celui qu'il avait eu, il y a une soixantaine d'années. Toutes les pièces avaient été démontées, dégraissées et lustrées patiemment. Elles semblaient toutes neuves, les stigmates du temps effacés, prêtes à de nouvelles aventures. À qui avaient-elles appartenu, sur quel vélo avaient-elles été montées, peut-être celui d'un grand champion, un Eddy Merckx ou un Raymond Poulidor. Peut-être avaient-elles contribué à la victoire d'un de ces héros, je ne le saurais jamais, il ne me restait que l'imagination et le rêve pour le croire. Je leur redonnerais l'aventure quand je serais sur les Strade Bianche de Toscane, je les ressusciterais, les ferais revivre. Elles participeraient alors ma renaissance dans une autre époque, celle des forçats de la route, une époque où le mollet prenait plus d'importance que l'électronique et le carbone aujourd'hui.

Je faisais tourner le pédalier qui entrainait la roue arrière, changeant les vitesses dont les leviers étaient fixés sur le cadre. Je jouais alternativement d'une manette à l'autre, passant du petit plateau de quarante-deux dents à celui de cinquante-trois à l'avant et d'un treize dents au vingt-quatre à l'arrière sur la roue libre six vitesses. Au total douze vitesses à comparer aux vélos d'aujourd'hui qui en comportent vingt-six. Rien à voir. Deux mondes différents et une inquiétude en ce qui me concernait, car le plus petit développement, celui qui devrait me permettre de franchir les côtes toscanes, me semblait énorme. Peu importe, je verrais bien quand j'y serais et après tout, il n'y avait pas de honte à poser pied à terre et à continuer tranquillement à pied jusqu'au sommet. L'objectif n'était pas de terminer premier ou dans des temps records, mais de relever ce défi, celui de l'Éroica, le défi que m'avait lancé Giuli et maintenant j'en étais certain, un défi qui devait me prouver que j'étais toujours jeune et qu'elle m'aimait. J'étais et restais son héros, le temps passé n'avait pas éteint cette flamme qui s'était allumée un jour rue des Écoles sur la terrasse d'un café.

Le chantier arrivait à sa fin. Le vélo était posé sur ses deux roues, les boyaux gonflés à sept bars, durs comme du bois. J'entrepris alors de poser la guidoline sur le guidon. Une guidoline blanche qui lui donnerait fière allure. Cela faisait très longtemps que je n'en avais pas posé. Il me fallut du temps, la posant et la déposant pour recommencer et finalement, obtenir le résultat escompté sans un pli. C'était fini. Enfin, j'avais vaincu le temps et étais revenu aux racines de ce sport en redonnant vie à cette monture qui, maintenant je n'en avais plus aucun doute, me permettrait d'avaler les kilomètres de pistes et de bitume.

— Giuli, viens voir.

— Oui. J'arrive. Je sors de la douche, je me sèche les cheveux et j'arrive.

Elle arriva effectivement quelques minutes plus tard, en peignoir avec une serviette enrubannée autour de la tête comme un turban et je ne pus m'empêcher d'éclater de rire.

— Bon ! Quoi ! Il n'y a rien de drôle. Je sors de la douche, tu m'appelles comme s'il y avait le feu, j'ai fait ce que j'ai pu. Qu'est-ce qu'il y a ?

— J'ai terminé Giuli. Viens voir. Tu vas voir, il est magnifique. J'ai terminé. Il est prêt à rouler. Ça va être génial. J'ai hâte d'aller l'essayer.

Arrivée dans le bureau qui avait été transformé en un véritable dépôt de pinces et clefs diverses mêlées aux pages des dossiers, elle resta à côté de moi, sans rien dire. Elle regardait avec des yeux d'enfants cette monture rutilante qui semblait surgir d'un autre temps, du passé. Je la pris par la taille et la ramenai contre moi, elle ne disait toujours rien. Je penchais ma tête et l'embrassai dans le cou et enfin, elle réagit.

— Il est magnifique Rom. Il est vraiment très beau. Je n'en reviens pas. C'est incroyable. Je n'avais jamais vu un aussi beau vélo. Quand je pense dans quel état il était après ton accident. Tu as bien fait de le garder, regardes ce résultat. Je t'assure, c'est tout simplement incroyable, ton père serait heureux s'il pouvait être encore là pour le voir. Je suis fière de toi, de ce que tu as fait, car tu n'as pas simplement redonné vie à ce vélo, tu as également redonné la vie à ton papa.

À l'évocation de mon père, je me sentis rougir, j'avais chaud et une larme perla sur ma joue, mon cœur se serra et j'essayai en vain de réprimer un sanglot. Elle avait raison, ce n'était pas simplement pour l'Éroica que j'avais restauré ce vélo, c'était encore autre chose, une sorte de quête, celle de la recherche d'une forme d'éternité où l'on ne disparait jamais, où le souvenir est plus fort que le temps. Ce vélo c'était la mémoire de mon père et il serait à mes côtés quand je traverserais la Toscane, il m'accompagnerait au pays, chose que nous aurions dû faire, mais que nous n'avions jamais envisagée. On dit que le temps passé, celui qui est perdu ne se rattrape jamais. J'avais la preuve en ce moment que c'était faux.

Giuli se tourna vers moi, me fit face et m'enlaça. Ses grands yeux plongeaient dans les miens, elle sentait ma peine. Elle approcha son visage du mien et posa ses lèvres sur les miennes. Nous échangeâmes un long baiser alors que d'autres larmes venaient emprunter le chemin de mes rides sur mon visage que j'enfouis alors entre son cou et son épaule. Nous restâmes ainsi un long moment, sans rien dire, sans bouger.

— Je t'aime Rom. Tu sais ? C'est vraiment formidable ce que tu as fait.

— Je ne sais pas Giuli. Mais une chose est certaine, c'est que rien n'aurait été possible si tu n'avais pas été là. L'Éroica c'est ton idée et tout s'est enchainé. Le vélo, la Toscane et mon père. Ces racines profondément enfouies et que je pensais oubliées. Tu m'as donné tout cela. Moi aussi je t'aime Giuli, le temps n'a eu aucune prise sur notre histoire, je ressens les mêmes sentiments, ceux de notre première rencontre. Tu étais si jeune, je l'étais moins, je t'ai aimée dès le premier regard et j'aimerais que nous ayons l'éternité devant nous.

— Je sais Rom. Pareil pour moi. Mais maintenant que tu as monté ce beau vélo, cela ne te dirait pas d'aller l'essayer sur la route. Histoire de faire les derniers réglages s'il en reste. Non ? Un petit tour du lac, tranquille, à la fraîche ce soir.

— Oui ! Tu as raison. On va sortir, la température commence à baisser un peu, on sera bien à une seule condition.

— Oui ! Laquelle ?

— Que tu ne cherches pas à faire la course comme à ton habitude.

Giuli éclata de rire et le turban, formé par sa serviette maintenant desserrée, lui descendit sur le visage et ne laissa apparaître que sa bouche et ses petites dents toutes blanches. Je ne pus résister, j'en profitai pour l'embrasser de nouveau avec l'envie de dénouer son peignoir, mais il fallait être raisonnable si nous voulions être rentrés avant la nuit.

Le temps de nous préparer. D'enfiler cuissards et maillots, sans oublier les casques et nous étions prêts à nous attaquer à ce tour du lac. Dans le sens d'une aiguille d'une montre bien entendu. Nous nous arrêterions au retour à Saint Jorioz pour une petite pause, le temps de boire un diabolo menthe sur une terrasse face aux voiliers arrimés sur les pontons et pourquoi pas, manger une tarte à la myrtille indispensable pour nous ressourcer et aborder la dizaine de kilomètres qu'il nous resterait à parcourir.

Chapitre 2

— Alleeeez ! Réveille-toi !

Non ! Je n'ai pas envie de me réveiller, je suis bien au chaud sous la couette et puis je suis cassé. J'ai mal au dos, j'ai les jambes en bois. Non ! Je ne veux pas me lever.

— Svegliatti paresseux, allez debout, dai ! On doit partir, il est cinq heures et si tu veux que l'on arrive en Toscane avant la nuit, il faut prendre la route. Alleeeeez ! Tu te lèves, on déjeune et on part.

Je suis vraiment cuit et j'ai du mal à imaginer une journée entière de route, même si Giuli qui adore ça conduira une grande partie du trajet.

Hier, elle a voulu que je fasse un dernier entraînement. Elle a loué une Vespa électrique pour me faire faire un tour de lac, ma sortie préférée. D'habitude, ce tour nous prend une heure et demie en roulant bien, mais à l'abri de la motocyclette, un engin de torture dans ce cadre, le tour nous l'avons fait en une heure. Mon record de l'heure. Quarante kilomètres. Ça pour être prêt, je suis prêt. Prêt, mais cassé.

Je me traîne lamentablement jusqu'à la cuisine, j'ai mal à l'arrière des cuisses, les mollets sont raides. Je ne sais pas comment je vais faire après demain quand je devrai accomplir ce parcours de l'Éroica. Mais quelle idée j'ai eue. C'est pas pour moi ce truc, j'ai passé l'âge de ce genre de fantaisie.

Giuli, elle, elle est prête. Elle se déplace dans tous les sens en sautillant aussi légère qu'une libellule d'un coin à l'autre de la cuisine, remplissant un sac, en posant un autre prêt à l'entrée et moi, je bois mon café. Je la regarde s'affairer amusé, il va vraiment falloir que je m'active, d'ailleurs je me sens mieux et je soupçonne Giuli de m'avoir dopé avec ce café.

Je retourne dans la chambre, enfile un jean et un polo, une paire de tennis, passe ma main dans le reste de mes cheveux pour me coiffer, voilà je suis prêt.

Giuli m'attend, impatiente, voire même énervée, sur le pas de la porte. Sa queue de cheval s'agite dans tous les sens, elle fait tourner le trousseau de clefs d'une main à l'autre, visiblement et c'est une certitude, j'ai été trop long. Elle claque la porte derrière nous, la verrouille. Le retour est prévu dans une semaine, j'espère survivre à cette aventure, Éroica signifie bien héroïque et je ne me sens pas l'âme d'un super héros ce matin.

Il est six heures. Dans le garage de l'immeuble, une petite estafette électrique que nous avons louée, nous attend. Nos trois vélos sont bien calés à l'intérieur avec nos deux valises et mon sac de sport. Nous essayerons de nous arrêter le moins possible, un arrêt d'une heure sera cependant obligatoire pour recharger la batterie du véhicule. Nous serons à mi-parcours, nous échangerons alors le volant.

*

Et c'est parti. Giuli va conduire sur toute la première partie, je prendrai le relais après la recharge de la batterie. En attendant, je règle le siège en position couché, le recule et m'allonge confortablement pendant que Giuli vérifie que toutes les commandes, tous les boutons répondent bien à ses ordres, et surtout le GPS censé nous indiquer la route avec sa voix doucereuse.

Bien entendu, un voyage sans musique n'est pas un vrai voyage. Giuli introduit une clef USB sur le tableau de bord, elle avait préparé sa playlist de chansons italiennes, vraiment un minimum quand on décide de voyager au pays de Dante. C'est moi qui ai du sang italien à cent pour cent, mais j'ai l'impression qu'elle l'est beaucoup plus que moi, sans en avoir une goute dans les veines.

Adriano Celentano, accompagné par l'accent plus que douteux de Giuli, me tiendra éveillé jusqu'au tunnel du Mont-Blanc où mes yeux se fermeront pour un repos bien mérité, au regard de l'épreuve subie le jour précédent derrière la Vespa, mais surtout après que Giuli aura repris à gorge déployée le tube du groupe Ricci et Poveri :

« Io canto al ritmo del dolce tuo respiro, è primavera, sarà perché ti amo, cade una stella, ma dimmi dove siamo, che te ne frega, sarà perché ti amo » (Moi je chante au rythme de ta douce respiration, c'est le printemps, ça doit être parce que je t'aime, une étoile file, mais dis-moi où sommes-nous, qu'est-ce que ça peut te faire, ça doit être parce que je t'aime).

Effectivement Giuli, tu chantes au rythme de ma respiration qui se ralentit au fur et à mesure que je m'endors et ne me demande pas où nous sommes, nous sommes entrés dans le long tunnel qui nous fera passer de la France à l'Italie.

Comme une étoile qui file, je ne t'entends presque plus malgré tous tes efforts pour me tenir éveillé. Oui Giuli, ça doit être parce que tu m'aimes et moi aussi *sarà perché ti amo.* Demain ce sera vélo et je t'aime, vélo et je t'aime et encore vélo, je t'aime Giuli et cette fois-ci je dors et je m'évade à vélo tant son emprise est forte.

*

Ah le vélo. Le vélo avec un grand « V ». Celui des légendes cyclistes, hier avec des cadres en métal que l'on appelait pour signifier qu'il était lourd, en tube de chauffage et aujourd'hui en carbone, le vélo moderne qui n'a plus rien à voir avec les premiers croquis de Léonard de Vinci et encore moins avec ceux découverts lors de la première édition du Tour de France. Vous imaginez un coureur actuel réparer sa fourche carbone sur le bord de la route comme avait pu le faire Eugène Christophe, surnommé « Le Vieux Gaulois » lors du Tour de France en 1913. En effet, ce dernier casse sa fourche dans la descente du col du Tourmalet et il réparera seul cette dernière dans un forge de Sainte-Marie-de-Campan. Bien entendu, il ne gagnera pas cette épreuve sportive, il ne gagnera jamais le Tour de France, mais son nom restera à jamais inscrit dans l'histoire du cyclisme français tout comme un autre candidat malheureux, plus contemporain, Raymond Poulidor.

Donc le vélo, en tant qu'engin mécanique a bien changé et a évolué au fil des avancées technologiques sensées le faire progresser et il améliore les performances des compétiteurs. Personnellement, je conserve une affection toute particulière pour les vélos des années soixante-dix et quatre-vingt. Ils étaient simples mécaniquement, pas toujours légers, mais ils étaient beaux et laissaient aux fabricants de cadres sur mesure, toute une palette de dimensions, de finitions et de couleurs personnalisées. Les vélos. Peut-on parler d'amour ? À ce stade, la passion n'a plus de limite et quand on regarde ces magnifiques bicyclettes, elles sont tellement belles que l'on en hésiterait presque à les utiliser afin de les préserver des intempéries, des jets de gravillons qui apporteraient les rides du temps sur leurs magnifiques peintures. Si ce n'est pas de l'amour alors quel peut-être ce sentiment ? Bref ! Le cycliste aime son vélo et peu importe son âge (aussi bien du cycliste que du vélo), il en prendra soin, le bichonnera avec tendresse fera des retouches de peinture, enlèvera les tâches de graisse qui ne manquent pas quand la chaîne est bien lubrifiée.

Le vélo vous transportera au son du cliquetis de la roue libre, il vous fera voyager et traverser de magnifiques paysages. Vous sentirez le vent sur votre visage, humerez les odeurs de la terre, surtout le matin tôt alors que la rosée s'est déposée sur la végétation. Tout cela est un pur bonheur et vous rêverez, vous rêverez d'aventures, vous deviendrez une légende du cyclisme, le temps d'une simple sortie ou d'un entraînement. Vous grimperez des côtes en vous imaginant être dans un des grands cols qui émaillent le parcours du Tour. Vous deviendrez Fausto Coppi, Eddy Merckx ou encore Romain Bardet. Pas besoin de gagner un grand Tour pour devenir une légende, Eugène Christophe et Raymond Poulidor en sont des exemples. Il sont entrés dans l'histoire du cyclisme et de notre pays.

Sur des routes secondaires dont l'enrobé est souvent dégradé, vous rêverez d'être dans Paris-Roubaix, vous deviendrez Francesco Moser, Roger de Vlaminck ou encore Bernard Hinault. Sur des revêtements bien lisses, vous sprinterez est arracherez la victoire, d'une épaisseur de boyaux, à un Rick van Looy, à un André Darrigade ou Freddy Maertens ou, pourquoi pas à Julian Alaphilippe à qui vous prendrez le maillot irisé de champion du monde.

Au fil de mes sorties à vélo, j'ai été à la fois Fausto Coppi ou le « Cannibale », vous m'aurez compris, le vélo peut vous transporter et vous faire rêver, il m'a fait rêver et je rêve encore quand mon regard se porte sur une de mes bicyclettes.

Enfourchez une bicyclette et transportez-vous. Ouvrez les portes aux rêves. Ces portes, mon père les avait ouvertes quand j'étais petit. Un jour, il m'avait donné une boite à chaussure et en l'ouvrant, j'avais découvert avec émerveillement des petits coureurs aux maillots de toutes les couleurs. J'avais oublié ce souvenir bien enfoui dans le coin de ma mémoire que seul un rêve pouvait aller chercher dans mon subconscient. Était-ce un hasard ? Ce souvenir me revenait alors que j'étais en chemin pour participer à une course de vélos d'époque en Italie.

Je les revois ces petits coureurs, ils sont en course sur la lame de parquet du séjour qui offre de grandes lignes droites traversant la pièce. Il se doublent, c'est la course. Le peloton s'étire et un coureur s'échappe, prend quelques mètres. Il est vite poursuivi par le coéquipier d'un champion qui ne doit pas laisser s'échapper la victoire. La chasse se poursuit, à l'échelle de la pièce, sur quelques dizaines de centimètres, passe entre les pieds d'une chaise, contourne la table. C'est la bonne échappée qui prendra fin sur la ligne rouge qui signale l'entrée dans la chambre. Le peloton est irrémédiablement lâché, il va gagner en solitaire malgré les efforts du poursuivant, encore quelques centimètres sur la lame de parquet, c'est fini. Il lève les bras au ciel, il vient de gagner une des étapes les plus difficiles du Tour de France, lui l'outsider vient de ridiculiser les cadors.

Comment avais-je pu oublier tout cela, ces heures passées à jouer et à rêver. Une voix féminine, une voix douce entre dans mon rêve de petits coureurs. Cette voix me dit que c'est l'arrivée. Mes petits coureurs s'affolent, se bousculent et se mélangent, disparaissent quand mes yeux s'entr'ouvrent.

*

— Nous arrivons à Gêne et avons traversé le fameux pont qui a été reconstruit suite à l'effondrement de l'ancien il y a une trentaine d'années. Je n'ai pas voulu te réveiller avant, tu semblais si paisible, tu souriais. Je ne sais pas à quoi tu rêvais, mais à mon avis cela ne devait pas être désagréable. Je suis sûre que tu rêvais de moi, non ? Je me trompe ?

— Quoi ? Déjà ? Mais nous venons à peine de partir. Je me souviens que tu chantais à tue-tête alors que nous entrions dans le tunnel et puis je crois que je me suis assoupi, j'ai rêvé des petits coureurs que mon père m'avait donnés.

— Donc tu ne rêvais pas de moi. Mais je te pardonne. C'est normal de rêver de vélo quand on s'apprête à devenir un héros de l'Éroica.

Et elle se mit à rire alors que j'émergeais péniblement de mon somme. J'avais bien dormi et sans son intervention, j'aurais poursuivi mes rêves de petits coureurs, leur aurais inventé des courses incroyables avec des franchissements de cols mythiques. J'étais un de ces petits coureurs.

Ralentissement, clignotant vers la droite, bretelle et nous voilà engagés sur le parking de la station-service de Genova. Nous sommes en Ligurie, à mi-chemin de notre périple. Giuli se dirige vers une borne électrique, arrête l'estafette suffisamment près afin de brancher le câble qui permettra de ressourcer la batterie. D'ailleurs, nous aussi avons besoin de nous ressourcer et nous aurons le temps, la charge rapide devrait durer une heure, assez pour que l'on puisse fureter dans le magasin, acheter des *paninis* et boire un bon café *ristretto.*

Je commande notre en-cas de la mi-matinée, je règle et vais récupérer mes achats. Giuli est dans les rayons, je la vois prendre un paquet, le regarder, le reposer et en prendre un autre.

— Viens voir Rom. Viens.

— Oui ! Qu'est-ce que tu as trouvé de beau ?

— Regarde, du pesto genovese, du vrai, pas comme celui que l'on trouve dans nos boutiques en ville. Et le prix, c'est pareil, rien à voir.

Elle a raison, vraiment rien à voir sur tous les points. Ce condiment traditionnel de la cuisine italienne est vraiment un produit local, typique de la Ligurie. Nous sommes donc au bon endroit pour en apprécier la qualité. À base de basilic, de pignons de pin, de fromage, de marjolaine, d'huile d'olive, d'ail et de bouillon, ce pesto est obtenu en pilant les divers ingrédients à froid. J'adore cette sauce crue et Giuli le sait bien et l'apprécie également. Une bonne platée de *Trofie,* ces pâtes allongées, fines et torsadées, assaisonnées avec une cuillère de pesto mélangé à de l'huile d'olive vierge, c'est un vrai régal quand de plus, vous la saupoudrez de *Parmigiano Reggiano.*

Bref ! Vous l'aurez compris, Giuli et moi adorons les pâtes, mais en véritables gourmets, nous ne nous contentons pas de les faire cuire al dente, non ! Il faut que l'assaisonnement soit également de qualité. Tout cela me donne faim.

— Giuli, on ne va pas se charger maintenant, on verra au retour s'il nous reste de la place, car je ne doute pas que l'on trouve sur place des tas de choses qui nous intéresseront. Prends tout de même un pesto, un sachet de Parmigiano et un paquet de Corzetti, nous les préparerons ce soir quand nous arriverons au gite. Après une bonne journée de route, je pense que nous apprécierons.

— Ok ! Mais ce sont lesquelles les Corzetti ?

— Ce sont celles qui sont en bas du rayon, tu les vois ?

— Où ça ?

— Si ! Elles ressemblent à de grosses pièces de monnaie, d'ailleurs leur nom dérive d'une pièce génoise du XIVe siècle, le corzetto. J'arrive quand j'aurai récupéré à la caisse les paninis et les cafés.

— Pas la peine, c'est bon ! J'ai trouvé. Un paquet sera suffisant. Nous ferons des courses et un bon ravitaillement demain à Gaiole in Chianti, nous aurons toute la journée devant nous.

— Oui ! Mais en attendant, ce soir nous aurons droit à un festin. On va prendre aussi une bonne bouteille de *Lambrusco di Modena*, j'adore les arômes de cerise qu'il développe en bouche, légèrement perlant et doux sur la langue. Tu m'en diras des nouvelles de ce repas. Toscane, nous voilà ! Enfin presque.

En fait, je n'avais pas envie de prendre le volant et je l'avoue, contrairement à Giuli, je n'aime pas conduire. Pour moi, la route, c'est à vélo ou encore à moto, mais plutôt le vélo, car depuis que les normes européennes ont interdit la fabrication des véhicules thermiques pour limiter les gaz à effet de serre, les motos n'ont pas échappé à cette interdiction. Alors, on peut toujours en posséder une, mais le prix de l'essence est prohibitif et ma moto que j'entretiens toujours avec passion, une Harley- Davidson Softail Slim, une bonne quadragénaire, profite une à deux fois l'an d'un tour de lac. C'est suffisant dans le contexte énergétique dans lequel nous nous trouvons et j'en tire un plaisir sans commune mesure. J'ai bien conscience que c'est un luxe, mais il m'est difficile de me priver de cette jouissance que me procure le son feutré du Big Twin de Milwaukee et peu m'importe, les regards désapprobateurs des passants arrêtés aux feux rouges quand nous passons. Probablement mon côté rebelle qui ne m'a jamais quitté, je suis « Born to be wild » et d'entonner alors que Giuli est attentionnée à la route, la célèbre chanson du groupe Steppenwolf souvent utilisée dans la culture populaire comme chanson de référence aux bikers depuis près d'une centaine d'années.

— Born to bi wouaaaald !

— Qu'est-ce qui t'arrive Rom, tu délires ?

— Euh non ! En fait, je pensais à ma moto qui dort sagement sous sa bâche dans le garage. Quand nous rentrerons, j'aimerais bien que nous puissions la sortir un peu, lui faire prendre l'air. Ça me manque un peu et pour une fois, rouler sans pédaler, cela ne nous fera pas de mal.

— Ah Ok ! je comprends mieux. C'est ton instinct de rebelle qui vient de se réveiller, c'est ça ?

— Oui ! Tout à fait. Tu as tout compris.

Et elle éclata de rire, un rire qui dura le temps que je recherche ma playlist « Rock ». Elle n'a pas fini de l'entendre le « Born to be wild », le voyage est encore long et elle est bien décidée à garder le volant jusqu'au bout.

*

Les kilomètres défilent avec un soleil éclatant sous une chaleur étouffante qui nous conduit à rouler, toutes glaces ouvertes. On ne peut dire que l'air est frais, mais au moins cela provoque une agréable ventilation.

Nous arrivons au niveau des Alpes Apuanes sur le territoire de Carrare au nord-ouest de la Toscane et nous apercevons au loin le Mont Pisanino qui culmine à 1947 m. Une altitude bien modeste au regard de nos montagnes en Haute-Savoie. À flanc de coteau, nous ne pouvons manquer les carrières de marbre, de larges saignées initiées par les Romains à partir de l'époque de Jules César et prolongées depuis plus de deux millénaires, pour fournir ce marbre blanc sans trop de veinages unique au monde. Tellement unique qu'il fut utilisé par Michel-Ange pour ses sculptures et notamment son David qui trône fièrement à Florence.

— Dis-moi Rom, tu as réussi à avoir au téléphone ta cousine de Florence, comment elle s'appelle au fait ?

— Tu veux parler de Joséphine ?

— Oui ! C'est ça. Tu l'as appelée quand nous faisions notre pause ?

— Oui. Pas de souci. Elle et son compagnon, Paolo, sont contents de nous voir et de plus, ils viendront à l'arrivée de l'Éroica dimanche, nous passerons la soirée ensemble.

— Tu la connais bien ta cousine ?

— À vrai dire non. C'est la fille d'un frère de mon père. Elle était venue une fois à la maison, c'était une gamine et moi j'étais déjà adulte. Elle doit avoir ton âge.

— Mais comment tu la reconnaitras alors ?

— Pas compliqué. Je lui ai décrit mon vélo et lui ai envoyé des photos de nous deux. Ils seront sur la ligne d'arrivée à nous attendre et au pire des cas, le téléphone ça existe. Je ne me fais aucun souci.

— Elle t'a confirmé la réservation pour le gite ce soir ?

— Oui ! Nous sommes attendus vers dix-neuf heures « Al giardino di Castiglione al lago » l'agriturismo de Laura et Carlo à Castiglione del Lago. Tout sera prêt, c'est réservé pour une semaine. Joséphine et Paolo y passeront la nuit de dimanche avec nous et repartiront le lendemain pour Florence. D'ailleurs, ils tiennent à ce qu'on leur rende visite pendant notre séjour, ça devrait être sympa et en plus, je ne connais pas Florence, du moins autrement que par les histoires que tu as pu me raconter et les photos que tu as prises. J'avoue que je suis curieux de découvrir cette ville et de plus avec toi, je pense que tu seras le meilleur guide de la place.

— *Certo caro mio, amore !* (certainement mon cher, amour).

Il n'en fallut pas plus pour qu'elle reprenne en boucle la chanson de Ricci et Poveri « *ti amo* » et une nouvelle fois, à gorge déployée et avec un accent à faire sortir Dante des Enfers.

*

Il est 18 h 45, plus de douze heures de voyage et Giuli, toujours imperturbable, n'a pas lâché le volant et tant mieux, car je n'avais vraiment pas envie de conduire. Nous nous sommes bien trouvés tous les deux et j'en profite pleinement.

Nous arrivons à Castiglione del Lago, située au sud de la province d'Arezzo, aux confins entre la Toscane et l'Ombrie. La vitesse est limitée à cinquante kilomètres-heure et nous ne sommes pas surpris de constater que la limitation est respectée par tous les usagers de la route. Cela dit, ils n'ont pas le choix au regard du foisonnement de radars automatiques à l'entrée et à la sortie des agglomérations, voire même entre chaque village. La peur du gendarme et les saignées du porte-monnaie font leur effet sur la citoyenneté. Nous sommes en plein pays étrusque et Cortone, un village voisin où se trouve la maison héritée de mon père, était présentée par Tite Live comme l'une des trois plus importantes cités étrusques avec Arezzo et Pérouse. Nous irons certainement la voir cette maison, nous avons une semaine devant nous, autant en profiter.

Nous nous engageons dans un chemin, typique de la région, un aperçu des Strade Bianche, en terre avec des creux et des bosses et enfin, nous nous trouvons devant le gite où deux personnes nous attendent.

Nous sommes accueillis par Laura, une petite femme rousse, toute menue et son mari, Carlo un peu plus âgé mais qui porte beau, tout le charme italien sur lequel le temps n'a pas de prise. Ils nous accompagnent à l'appartement situé au rez-de-chaussée où nous déposons nos valises.

Ils sont charmants et accueillants, nous parlent dans un mélange de français et d'italien, ils sont heureux de recevoir un couple qui va se lancer dans l'événement fou de cette région, l'Éroica.

Le site est agréable, le gite est entouré d'arbres qui procurent une climatisation naturelle par ces fortes chaleurs auxquelles nous avons toujours du mal à nous habituer depuis une vingtaine d'années. La piscine est bâchée afin d'éviter que les feuilles ou autres détritus viennent la remplir, elle est vide, car les restrictions d'eau sont appliquées dans tout le pays. Les nappes phréatiques, depuis les fortes chaleurs de l'été 2022, il y a vingt-cinq ans, ne se sont plus reconstituées suffisamment. Il ne pleut pratiquement plus jamais, leur étiage reste désespérément bas. À cela aussi, nous nous sommes habitués, forcés et contraints à une sobriété que le climat nous impose.

Nous échangeons sur notre voyage, Carlo veut voir mon vélo et c'est avec fierté que je le sors de la housse qui l'a protégé dans l'arrière de l'estafette.

Ils sont vraiment sympathiques et nous leur proposons de passer la soirée avec nous. Nous cuisinerons comme prévu les Corzetti accompagnés du pesto genovese et de la bouteille de Lambrusco. Ils acceptent et Laura décide de partir faire quelques courses en ville afin de compléter notre repas. Les boutiques sont encore ouvertes à cette heure-ci, elles ferment assez tard du fait de leur ouverture en fin d'après-midi quand la chaleur commence à décliner.

La soirée est agréable, un bon moment où nous évoquons l'Éroica, ses petites routes sans bitume, mais également les multiples côtes qui animent le parcours. Les belles tranches de prosciutto, du jambon de Parme sans nitrites, viennent compléter notre plat de pâtes et en dessert, le panforte, dessert typique de Sienne, fait de fruits secs, de fruits confis et d'épices. Il est le reflet du terroir auquel il appartient, une merveille à partir d'ingrédients simples, sains et savoureux.

Le temps passe et Giuli qui a conduit toute la journée, commence à donner des signes évidents de fatigue. Les bâillements se rapprochent de plus en plus. Nos hôtes ont compris le message et décident de nous laisser profiter d'une nuit réparatrice, dans l'écrin de fraicheur constitué par les grands arbres de la propriété.

Chapitre 3

— Alleeeez ! Réveille-toi ! *Svegliatti* paresseux, allez debout, *dai* ! On doit partir à Gaiole récupérer ton dossard.

Je commence à être habitué à ce type de réveil, un peu comme une sonnerie de réveil qui se répète. Je n'ai pas conduit, mais je suis fatigué, j'ai passé une mauvaise nuit. Malgré les arbres qui entourent la maison, il a fait chaud, très chaud. Giuli à mes côtés a dormi sans se réveiller, elle était tombée comme une masse sur le lit hier soir et maintenant, elle est en forme, elle a récupéré. Non seulement il faisait chaud, mais elle a dû attraper un coup de froid pendant le voyage avec les vitres du véhicule grandes ouvertes. Le nez bouché, elle a ronflé toute la nuit. J'avais l'impression de dormir à côté d'un fauve et je me demande comment un petit être aussi fragile peut produire de tels sons, de tels rugissements qui par moments, m'effrayaient, un véritable cauchemar. Je ne suis pas fatigué, non ! Je suis épuisé et j'aimerais profiter de la fraicheur relative de ce début de matinée, allongé dans un transat en enchaînant, tasse de café sur tasse de café et pourquoi pas, en agrémentant le tout avec une cigarette. Mais ce n'est pas le programme prévu et bien que je sois grognon, elle a raison Giuli, il faut retourner à l'estafette dont la batterie s'est rechargée pendant la nuit et prendre la route vers le sanctuaire de l'Éroica. En route pour le village de Gaiole in Chianti.

*

Direction Sienne par l'autoroute, une soixantaine de kilomètres à parcourir avant de toucher au but. Trouver un hébergement n'était pas simple et heureusement que Joséphine connaissait Laura et Carlo. Une chose qui avait échappé à Giuli quand elle m'avait inscrit à cette course, c'est que les habitués de cette manifestation réservent bien en amont leur hébergement avant de s'inscrire en ligne sur le site. De fait, aucun gîte, aucun hôtel n'étaient en mesure de nous accueillir à proximité. Mais peu importe, l'accueil était plus que sympathique à Castiglione del Lago et cela nous rapprochait de Cortone où nous irions découvrir cette fameuse maison, mon héritage italien.

Nous sortons de l'autoroute un peu avant Sienne et empruntons une petite route sinueuse et vallonnée, la SP 484, l'équivalent d'une départementale en France. Les paysages sont magnifiques, des propriétés bâties au sommet des collines, entourées de vignes pour certaines et d'oliviers pour d'autres. Il commence à faire chaud, les vitres de l'estafette sont baissées et les odeurs pénètrent dans l'habitacle et c'est agréable, cela sent bon. Giuli, lunettes de soleil posées sur le nez, chantonne en italien, elle resplendit et cela me remplit également de bonne humeur ce qui n'était pas vraiment le cas ce matin quand je me suis levé, mais ma nuit avait vraiment été compliquée.

Enfin, un panneau Gaiole in Chianti, des virages que Giuli négocie prudemment, car depuis une dizaine de kilomètres, nous n'arrêtons pas de croiser des cyclistes dont certains débordent, dans leur élan, souvent sur notre voie de circulation. Nous ne devons plus être très loin du village. Effectivement, alors que le panneau nous signale la destination à un kilomètre et demi, des files ininterrompues de voiture et fourgons sont garées sur les deux côtés de la route. C'est un indice à prendre au sérieux, il ne fait nul doute que nous ne trouverons pas de place si nous continuons à progresser dans la direction voulue.

— Giuli, si tu trouves une place, prend là, car j'ai bien l'impression que nous n'arriverons pas à nous garer si nous continuons.

— Tu as raison, je suis de ton avis. C'est incroyable le nombre de véhicules de garés. Et les vélos, il y en a partout. Il faut vraiment faire très attention, ils arrivent de tous les sens et sont les rois de la route.

— Tiens là ! Regarde, là devant à cinquante mètres, il y a un

— fourgon qui a mis son clignotant pour sortir. Cette place va être pour nous, ralentis et ne te laisse pas doubler, car j'ai bien l'impression que ceux qui nous suivent sont comme nous, à la recherche d'un stationnement.

Quelques manoeuvres, marche avant, marche arrière. On cogne un peu le pare-chocs, car la place est vraiment étroite, mais c'est bon. Pas de bobo, nous sommes bien installés et allons pouvoir poursuivre à pied. Une petite promenade, à l'abri des allées d'arbres, de moins d'un kilomètre, devrait nous permettre de plonger progressivement dans l'ambiance de la fête, car il s'agit bien d'une fête, la fête du vélo. Une fête pour tous les passionnés de la petite Reine qu'elle date du début du vingtième siècle ou des années 1980, tout ce petit monde va se mélanger pendant les trois jours que dure cette manifestation. Nous en sommes au premier, il nous restera deux belles journées, dont celle qui se déroulera à vélo et sera certainement la moins évidente avec ses cent six kilomètres à parcourir par monts et par vaux.

Nous approchons du village et apercevons un immense portique qui signale aussi bien le départ dans un sens que l'arrivée dans l'autre. Au fur et à mesure de notre avancée, nous percevons de la musique, beaucoup de monde également se presse et semble se rendre dans le même lieu. Nous arrivons enfin sur la place où un immense coq en métal est érigé à l'entrée d'un petit parc et nous nous enfonçons dans une ruelle longeant une rivière qui traverse au milieu des maisons. La fanfare entonne des airs militaires face au podium, c'est une troupe de militaires en tenue de la Première Guerre mondiale, chapeau plat avec une plume, vélo kaki d'époque à leur côté, avec un fusil suspendu sur le tube horizontal. Toujours beaucoup de monde, des curieux, des cyclistes du début du siècle dernier, avec casquette, gilet et pantalons bouffants, se mélangent avec ceux des années 1980, cuissards courts et maillots bariolés. Des hommes, des femmes, chacun rivalisant d'élégance afin de coller au plus près avec la légende qu'il veut incarner.

Une fois au cœur du village, c'est un véritable marché de pièces et vélos d'occasion, des restaurations de cycles magnifiques, des dérailleurs, des freins, des roues, de quoi satisfaire toutes les envies. De nombreux stands de vêtements également où j'espère trouver, maillot, cuissard et casque à boudin, car si le vélo doit être ancien, la tenue doit l'être également sinon vous ne passez pas le contrôle du départ. Bien entendu, les prix sont à la hauteur du défi et le porte-monnaie également, c'est une véritable folie, mais l'Éroica, vous la ferez peut-être une seule fois dans votre vie, autant se faire plaisir, ne dit-on pas que l'on ne vit qu'une fois.

Un panneau indique la direction à prendre pour retirer les dossards. J'ai mon justificatif en poche, normalement il ne doit pas y avoir de souci. Giuli a préféré se poser, confortablement installée à une terrasse sous un parasol quand elle a vu la file qui semble interminable, des concurrents qui attendent patiemment leur tour. Près de dix mille inscrits pour quatre parcours différents, de la simple ballade, la passegiata Valle del Chianti de quarante six kilomètres, jusqu'à ce qui peut être considéré comme un exploit, le percorso lungo de deux cent neuf kilomètres avec trois mille sept cent soixante-huit mètres de dénivelé. Pour ma part, ce sera le percorso Cento Val d'Arbia de cent six kilomètres avec mille sept cent trente-sept mètres de dénivelé. La folie a des limites, la mienne s'arrête, du moins je le pensais, aux frontières du raisonnable.

Enfin mon tour arrive, cela faisait plus de quarante minutes que j'attendais. Je suis accueilli avec le sourire par une hôtesse qui prend mon justificatif et me demande :

— Francese ?

— Si signora.

Avec un fort accent, elle veut me montrer que l'on sait accueillir et entreprend de me parler en français. J'aurais préféré qu'elle continue en italien, car j'ai du mal à la comprendre.

— Bene, yé vous donne lo kit cadeau de la course, c'est oune sourprisa, vous verrez dans la bouate. Ma ! Pour lo dossard, vous dovez traversare la place et aller à la sallé municipalé avec lou papier que yé vous donne. Y'espéré que vous yavez votre certificato medicale, sino vous né pouvez pas prendere lé départ de la corsa.

— Merci beaucoup mademoiselle, ne vous inquiétez pas, j'ai tous les justificatifs et je m'y rends de ce pas. *Molto grazie signorina.*

J'envoie un petit message à Giuli afin qu'elle me rejoigne à l'entrée du municipio, la mairie où je vais enfin pouvoir retirer mon dossard et mettre fin à ce parcours du combattant. Elle me rejoint rapidement et nous entrons dans le hall transformé en véritable boutique de souvenirs, maillots siglés Éroica, bidons, casquettes et bouteilles de Chianti. Sans oublier les goodies, porte-clefs, magnets autocollants, posters, il y a le choix, de quoi satisfaire toutes les envies, mais nous filons vers l'escalier qui nous mènera au premier étage sans céder à la tentation.

Une longue file de tables traverse la pièce du conseil municipal et des cartons sont alignés avec des numéros apposés sur la face avant, indiquant les numéros des centaines. Je me dirige directement vers celle qui indique treize cents. Je présente mon attestation d'inscription, mon certificat médical et l'on me remet une grande enveloppe qui contient le dossard treize cent soixante et un avec ses quatre épingles, comme dans l'ancien temps, une carte du parcours et surtout le transpondeur qui validera mon passage aux relais et le temps parcouru. Indispensable si l'on veut se voir remettre en fin d'épreuve le diplôme que l'on gardera fièrement en souvenir.

Nous ressortons avec Giuli sur le palier et prenons le temps de regarder l'exposition consacrée aux géants de la route italiens. Fausto Coppi, le campionissimo qui est considéré comme l'un des plus grands coureurs de l'histoire du cyclisme, côtoie Marco Pantani disparut tragiquement alors qu'il avait mis fin à sa carrière. Difficile d'arrêter, de passer de la lumière à l'ombre, la désespérance pour certains peut leur être fatale. Un peu plus loin, en grandeur nature, une effigie en carton de Gino Bartali sur son vélo, dit Gino le pieu qui avait été reçu par le Pape. Un grand champion dont la carrière avait été perturbée par la Seconde Guerre mondiale et avait gagné le Tour de France à deux reprises à dix ans d'intervalle. Non seulement pieux, mais également Juste. Gino pendant la guerre parcourait des centaines de kilomètres par jour pour livrer de faux papiers aux juifs cachés par la population. A priori, il ne craignait rien, car les militaires, aussi bien allemands qu'italiens, connaissaient la réputation du champion. Ils ne se doutaient pas que ces sorties d'entraînement quotidiennes lui servaient à transporter cachés dans les tubes du cadre du vélo, ces papiers qui sauveraient la vie de ces malheureux pourchassés par la haine des deux régimes fascistes. Huit cents personnes furent ainsi sauvées par cet homme qui fut reconnu bien plus tard, Juste parmi les Nations. Une histoire remarquable et je demandais à Giuli de me prendre en photo avec son téléphone à côté de l'effigie en noir et blanc.

La première partie du parcours de l'Éroica était terminée, dossard en poche et avec le lourd sac contenant le kit course remis à mon arrivée, nous nous dirigeâmes à nouveau vers le centre du village afin de retrouver une terrasse accueillante et ombragée où nous pourrions déjeuner. Bien entendu, la centaine de mètres à parcourir entre la mairie et le restaurant prit encore du temps. Il était difficile de passer devant tous ces stands sans s'arrêter, fouiller dans les lots de pièces, demander le prix d'une paire de roues à boyaux avec moyeux Campagnolo ou encore d'un magnifique vélo entièrement restauré. Mais j'avais décidé de reste sage et ne point bourse délier et je dois avouer que Giuli m'était d'une aide précieuse pour respecter cette décision. Elle ne manquait pas de me tirer par le bras quand elle estimait que je passais trop de temps devant un étal et elle avait raison, car la tentation était forte. Il aurait été difficile de résister d'autant plus que les vendeurs étaient prêts à consentir des rabais qui en fait, ramenaient l'article au juste prix, enfin juste un peu au-dessus toute de même.

Quand nous nous attablons, la serveuse qui nous rejoint, nous indique que nous devons prendre commande, il est tard et nous serons les derniers clients. C'est vrai que le temps a passé vite entre les différentes attentes, les déplacements d'un site à l'autre, la visite de l'exposition et enfin les multiples arrêts aux stands. Et encore ! Heureusement que Giuli avait réfréné mes velléités d'achats sinon nous y serions encore.

Dans l'attente de nos deux pizza, nous dégustons un verre de Chianti, tranquillement à l'ombre du parasol, accompagnés de la fraîcheur procurée par des arbres qui depuis plus d'une cinquantaine d'années, ont vu passer des générations de cyclistes et de touristes.

— Rom, *caro mio*, tu ne veux pas voir ce qu'il y a dans ton kit course ?

— Bonne idée, je l'avais oubliée cette grosse boite et elle est bien lourde. Tu as raison, on a un peu de temps avant que les pizzas soient prêtes.

Je pose la grande boite en métal sur la table. Elle est très belle avec des cyclistes de la belle époque sérigraphiés sur fond de paysage toscan. Un slogan est inscrit sur la partie supérieure « *La bellezza della fatica e il gusto dell'impresa* » qui doit signifier, la beauté de l'effort et le goût d'entreprendre. On ne peut être plus clair, des efforts il va en falloir pour boucler le parcours, mais pour le moment, là n'est pas le sujet. J'ouvre délicatement le coffret, pose le couvercle et pars à la découverte. Tout d'abord, un sac en toile aux couleurs de l'Éroica, une casquette et un bidon vintages, un tire- bouchon, une bouteille de Chianti, un paquet de pâtes et un autre de graines.

— C'est quoi ces graines Giuli ?

— C'est de l'épeautre, une céréale proche du blé tendre, mais sur un point de vue diététique, il est jugé plus intéressant.

— Ça se cuisine comment ? Comme des pâtes ?

Giuli éclate de rire. A priori, je n'ai pas trouvé le mode de cuisson et de consommation adapté.

— Ne t'inquiète pas, je sais comment l'utiliser, tu verras quand nous rentrerons à Annecy. Cela demande une préparation spéciale, déjà il faut mettre les graines à tremper la veille et attendre le lendemain pour les égoutter et les rincer. Ensuite, il faut faire cuire et mijoter, mais sois patient, tu verras bien, j'ai des recettes à la maison. Je pense que tu devrais aimer.

Le dernier paquet contenu dans la boite est un sachet de Cantucci, ces biscuits toscans aux amandes, secs et croustillants, que l'on consomme généralement avec du Vin Santo, un vin de dessert traditionnel en Toscane, élaboré à partir de cépages blancs.

La serveuse arrive, un plat dans chaque main et fronce les sourcils quand elle aperçoit l'étalage des produits et objets sur la table. Je m'empresse de tout remettre dans la boite, nous l'ouvrirons de nouveau ce soir et pourquoi pas, afin de l'alléger du paquet de pâtes et de la bouteille de Chianti, probablement aussi des Cantucci au moment du café.

Chapitre 4

— Alleeeez ! Réveille-toi ! *Svegliatti* paresseux, allez debout, *dai* ! Bouge-toi. Il est six heures et tu dois prendre ton départ avant huit heures et demie.

J'émerge difficilement de cette nuit encore particulière où les rugissements du fauve qui dormait à mes côtés m'ont empêché de profiter d'un repos indispensable après le repas copieux passé à nouveau en compagnie de Laura et Carlo. La soirée fut vraiment agréable et la bouteille de Chianti ne put résister bien longtemps, suivie par celle que nos amis avaient apportée sans oublier le limoncello pour clore ce diner. Pas vraiment un régime de cycliste, mais après tout cela importait peu, je n'étais pas non plus un champion et je n'envisageais pas de remporter une course. Non ! Juste le plaisir de participer à une grande fête du vélo dans un cadre merveilleux, celui des terres de la Toscane.

Six heures du matin. Un sacrilège, moi qui suis une vraie marmotte, enfin pas tant que cela, car lorsque je partais en haute montagne, j'étais levé à trois heures pour profiter des conditions de neige et de glace optimales pour progresser dans ce milieu hostile à l'homme, en toute sécurité. Mais ça, c'était avant, le temps a passé et je me suis habitué au confort et la douceur d'une couette qui maintient une agréable chaleur.

Donc si je fais le point, il me faut une heure pour me réveiller, déjeuner et mettre tout le matériel dans l'estafette. Après, nous avons une heure de route en restant prudents et en respectant les limitations de vitesse qui sont nombreuses. Enfin, il restera à peine une demi-heure pour caler les derniers détails et me rendre sur la ligne de départ. Cela devrait le faire assez facilement d'autant plus que Giuli qui sautille dans tous les sens en chantonnant a déjà préparé le petit-déjeuner.

Trois tartines beurrées plus tard, nous avons pris la route et en moins de dix minutes, j'ai repris le cours de ma nuit sauvagement écourtée bien trop tôt. Ce qui est magique avec Giuli, c'est que j'ai à peine fermé les yeux que nous sommes déjà arrivés, comme si nous étions télé- transportés d'un site à un autre. Cette contraction du temps est reposante et à la fois rassurante. Giuli est une pilote de vaisseau spatial exceptionnelle, je ne vois pas le temps passer quand nous sommes ensemble.

Elle n'a pas eu besoin de me réveiller. Les bosses du parking improvisé dans un champ, malgré la conduite prudente de Giuli, ont secoué l'estafette et bien entendu les passagers. Pour moi, le choc de la tête sur la vitre latérale, ce fut suffisant. Ensuite, les choses se sont précipitées. Enlever le survêtement, masser les jambes avec de l'huile camphrée comme à la belle époque, vérifier la pression des boyaux, constater que les freins rempliront leur office tout comme les dérailleurs mécaniques qui nécessitent un véritable doigté pour le changement de vitesse. Il est huit heures trente, je suis sur la ligne de départ avec plusieurs centaines de concurrents dont certains à leur allure, manifestent l'intention d'en découdre, ce qui n'est pas mon cas. Je veux simplement passer une belle journée à traverser les vignobles du Chianti et surtout arriver entier, avec un vélo en bon état et enfin arrosé ce qui pour moi relève d'un véritable exploit. J'aurai concrétisé une forme de rêve, une quête de l'absolu qui m'appartiendra à tout jamais et me fera entrer dans un clan très fermé, celui de ceux qui ont fait l'Éroica et ont su surmonter leurs peurs et leurs souffrances. Nul doute que je me présenterai le soir en héros auprès de Giuli. Après tout, n'est-ce pas ce qu'elle attend ? Si je suis sur cette ligne de départ, c'est bien parce qu'elle m'a inscrit à cette folie sans me demander mon avis au préalable. Mais je vais le faire, je vais dépasser mes craintes et mes appréhensions Giuli, tout simplement *sarà perché ti amo.*

*

Cinque, Quattro, Tre, Due, Uno, Partenza. Cinq, quatre, trois, deux, un, partez ! Le peloton s'ébroue, s'agite, la course est partie. Une longue ligne droite, légèrement en descente nous attend et se poursuit par une petite grimpée, pas très longue, mais nous sommes encore sur du bitume, une belle route roulante. Dès le départ, je me suis déporté sur le côté gauche et entreprends de remonter la centaine de concurrents qui me précèdent. Ça roule bien, c'est même trop facile et dans la petite bosse en lacet, je dépasse des petits groupes qui se sont constitués dans les premiers kilomètres. En discutant avant le départ avec un habitué de la course, ce dernier m'avait donné un conseil, celui d'être devant dès le début afin d'éviter la débâcle inévitable sur la portion de route blanche que l'on abordera au bout de cinq kilomètres. Inévitable, car il s'agira de franchir la première difficulté de la journée, une côte de quatre kilomètres avec un peu plus de deux cents mètres de dénivelé sur un chemin de terre.

Le conseil était bon, moins d'une dizaine de coureurs me précédaient à l'entame du passage délicat. Tous ont un bon rythme, tirent sur leur guidon, écrasent les pédales avec des développements d'un autre temps qui ne peuvent être comparés à ceux d'aujourd'hui où la priorité est donnée à la souplesse afin de tourner les jambes à plus de quatre-vingts tours minute. Là, il n'y a pas souplesse, il faut faire parler la force et la puissance et le rythme de pédalage est lent, mais efficace, on s'arrache du sol pour lutter contre la force centrifuge qui vous tire en arrière. Sur ce type de terrain, il n'y a pas de mystère, il faut être puissant et surtout léger, le moindre surpoids vous condamne à mettre pied à terre. En ce qui me concerne, le poids n'est pas vraiment un problème. Depuis plus de huit mois, Giuli m'a concocté un régime diététique adapté aux exigences posées par ce type de compétition. Du poids, j'en ai perdu au point où j'ai du refaire ma garde-robe et aujourd'hui, je m'en réjouis même si je ne peux ignorer un manque de puissance qui me conduira à m'arrêter au sommet avant de basculer sur une longue descente de dix kilomètres.

Cet arrêt me permet de reconstituer mes réserves avec une barre de pâte d'amande et un demi-bidon d'eau dans lequel j'avais rajouté du sel pour compenser les pertes inévitables de la sueur. Même si une vingtaine de coureurs ont profité de ma pause pour passer devant, il n'y a aucun regret à avoir, le gros de la troupe, plusieurs centaines de cyclistes sont encore dernières. Il vaut mieux s'arrêter quelques minutes, manger et boire, retrouver toute sa lucidité afin de disposer de bons réflexes dans la descente où alterneront chemins blancs et bitume, il restera ensuite une quinzaine de kilomètres et quatre ascensions pour atteindre Sienne.

Bien m'en a pris, car cette descente, je la surnommerai « la descente de la mort » quand je raconterai à Giuli et à mes amis ce que j'ai considéré comme un enfer. J'ai peut-être été imprudent en prenant de la vitesse, car cela exigeait de ma part des réflexes aiguisés pour éviter les trous, les cailloux qui émaillaient la route et me conduisaient à slalomer entre ces pièges et des concurrents pratiquement à l'arrêt les deux freins serrés. Imprudence ou inconscience, je ne saurai dire, mais cette descente, je l'ai faite avec un nœud à l'estomac, frôlant plusieurs fois la chute en dérapant sur les paries sablonneuses. Arrivé sur une partie en bitume, j'ai lâché les freins et entrepris de rejoindre un petit groupe devant moi à une centaine de mètres, grisé par la vitesse que m'autorisait le revêtement. Accalmie de courte durée cependant, au détour d'un virage le bitume s'arrêta net pour entrer dans une nouvelle portion en terre. Je fus surpris en pleine vitesse, mon vélo a décollé pour aller me reposer sur un sol gravillonné. J'ai ressenti une forte secousse, des douleurs au niveau des épaules et j'ai eu l'impression que mon cerveau venait cogner contre ma boite crânienne, de plus je ne tenais plus sur ma selle et pour cause, avec les vibrations elle s'était desserrée. Il me fallut plus d'une centaine de mètres pour arriver à maitriser ma monture et l'arrêter sur le bord de la route. Heureusement que j'avais pris la précaution d'emporter un minimum d'outils au cas, ou/et je pus resserrer le boulon qui maintenait la selle en place. J'en profitais pour vérifier et resserrer toutes les fixations des organes de mon cheval de fer, les vibrations avaient agi tel le tambour d'une machine à laver. À ce stade, alors que la course n'en était qu'à son début, le cycliste comme le vélo avaient été bien secoués et essorés.

Cette descente en enfer aura été certainement bénéfique et m'aura fait entrer dans le monde de l'Éroica, un monde où il faut faire preuve d'humilité, condition indispensable pour éviter l'accident et surtout durer, accepter la difficulté et la souffrance pour rejoindre l'arrivée. C'est à partir de ce moment-là que je compris que je venais d'entreprendre une quête avec un côté mystique que je ne pouvais définir, mais qui avait cependant des similitudes avec ce que j'avais pu vivre en haute montagne.

Les quatre ascensions suivantes se sont faites pour entrer enfin à Sienne où se tenait le premier ravitaillement, le premier contrôle et l'atelier de réparation. Ces kilomètres ont été parcourus avec sagesse, il ne servait à rien de vouloir rattraper un coureur ou un groupe à tout prix, là n'était pas le but et je l'avais enfin compris. Il fallait rouler, rester concentré, ranger son amour propre, peu importait de doubler ou de se faire doubler, avant tout profiter de ce voyage d'un autre temps.

Il est dix heures trente exactement quand je débouche sur la piazza del Campo à Sienne, cette place en forme de coquillage qui est immense et se remplit progressivement d'une foule bariolée qui se précipite vers les tables où l'attend un ravitaillement bien venu.

Je dois avouer que je n'ai pas le courage de me mêler au festin composé de saucisson, banane, tartelette, le tout arrosé de jus de fruit, d'eau ou encore de chianti. Je n'ai pas envie de me frayer un passage, de bousculer et me faire bousculer, je suis las et me sens épuisé nerveusement. Avec le recul, je mesure que la tension qui m'avait accompagné sur cette première partie de la course était de la peur tout simplement. Peur de chuter, peur de me blesser, peur de souffrir et même de mourir, car me revenait en mémoire mon accident quand j'avais été renversé par un chauffard. Les longs mois de convalescence, la rééducation, l'abandon de mes rêves d'alpiniste, tout cela resurgissait. La route serait encore longue jusqu'à l'arrivée et j'étais bien décidé à ne plus prendre aucun risque.

Plusieurs coureurs sont allongés sur le sol et essayent de récupérer avant de repartir vers le prochain point de contrôle et de ravitaillement à une soixantaine de kilomètres. Beaucoup ont perdu cette assurance et cette superbe qu'ils affichaient sur la ligne de départ à l'aube, le vélo rutilant et la tenue cycliste bariolée des années mille neuf cent quatre-vingt. L'aventure sera longue pour tous, mais elle sera inoubliable.

Pendant que certains mangent, boivent, d'autres se font prendre en photo ou allongent le bras pour un selfie mémorable avec leurs compagnons de route, mais aussi d'infortune suivant le cas. Les sourires s'affichent quand ce ne sont pas des grimaces, des rires éclatent et ce bonheur efface rapidement les premières crampes et douleurs. Ces sourires, ces grimaces et ces rires sont ceux qu'ils arboreront une fois leur périple terminé, heureux de se considérer héroïques.

Moi aussi j'ai besoin de m'allonger à même le sol, de libérer cette tension qui a pris le contrôle de tout mon être et profiter du bain de lumière et de chaleur offert par le soleil qui réchauffe la place. Mon vélo est également couché près de moi. Je ferme les yeux, je sens la chaleur m'envahir, maintenant je peux me reposer quelques minutes.

*

Je me sens bien allongé sur le sol qui s'est réchauffé au fur et à mesure que le soleil s'est réveillé sur Sienne. Je me détends et probablement je récupère, je sens de moins en moins mes courbatures.

Une main se pose sur mon épaule et me secoue pour me réveiller. Je n'ai pas envie de faire cet effort, je suis vraiment trop bien. Que l'on me laisse tranquille.

— Alleeeez ! Réveille-toi !

Non ! Je n'ai pas envie de me réveiller, je suis bien là à profiter de la chaleur du soleil et puis je suis cassé. J'ai mal au dos, aux épaules, à la nuque et j'ai les jambes en bois. Non ! Je ne veux pas me lever.

— *Svegliatti* paresseux, allez debout, *dai* ! Tu dois repartir, il te reste encore soixante-dix kilomètres et si tu ne bouges pas, tu n'es pas près d'arriver. Alleeeeez ! Tu te lèves et tu repars.

Non ! Je ne rêve pas, c'est Giuli. Elle a décidé de venir m'encourager aux deux points de contrôle et de m'apporter un ravitaillement.

— Je t'ai apporté des pâtes de fruits, deux barres de céréales et je t'ai préparé deux bidons spéciaux, tu m'en diras des nouvelles. Mais il faut que tu te bouges et que tu repartes. Je te retrouverai au prochain contrôle à Dievolle où il te restera une dizaine de kilomètres. Allez courage. Je sais que tu peux le faire.

Je me relève péniblement, redresse mon vélo et Giuli pose ses mains sur mes épaules, en profite pour déposer un baiser d'une grande douceur dans mon cou et cela me fait frissonner. Avec un mouchoir, elle entreprend de m'enlever la terre blanche qui s'était incrustée avec la sueur sur mes joues qui se sont creusées. J'apprécie cette douceur et ces attentions qui sont les bienvenues dans la galère que je vis depuis ce matin.

— Dis-moi Giuli, qu'est-ce que tu as mis dans les bidons ? Tu veux me doper ?

Elle éclate de rire et je me sens un peu ridicule de lui poser cette question. Après tout, un petit remontant ne me ferait pas de mal, mais quel intérêt là n'est pas le but de cette expérience.

— Mais non, je ne veux pas te doper, mais tu verras cela te fera du bien. La moitié du bidon est composée de jus d'orange, de la vitamine C. L'autre moitié est complétée par du thé. Ça te donnera du nerf pour les moments difficiles. J'y ai rajouté une grosse cuillère de miel pour que tu aies des sucres rapides et deux pincées de sel afin de compenser celui perdu avec la sueur. Tout cela te donnera de l'énergie et t'évitera d'avoir des crampes.

Je prends le bidon qu'elle me tend et je goûte. C'est vrai que c'est bon et en plus si c'est efficace, nous verrons bien à l'usage. Je range les deux récipients sur les supports fixés au cadre, range mes victuailles dans les poches, referme la fermeture éclair de mon maillot. Je suis prêt à repartir. Si Giuli n'avait pas été là, je ne sais pas si je serais reparti. J'étais tellement bien allongé sur le sol avec ce bain de soleil, je pense que j'aurais fait une belle sieste. Mais Giuli me connaît bien. Elle savait qu'elle devrait être à mes côtés sur ce premier arrêt pour me motiver et m'apporter cette douceur nécessaire à même de me donner le courage de poursuivre cette entreprise. Je remonte sur mon vélo et je repars alors que Giuli m'adresse ses derniers encouragements.

— *Ciao campione.* Je t'attendrai au contrôle de Dievole. Tu seras pratiquement arrivé. Alors, courage, tiens bon. Ne cherche pas à faire la course. Le plus important c'est que tu arrives à Gaiole entier et que tu franchisses la ligne. Nous serons sur la ligne d'arrivée avec ta cousine Joséphine qui m'a déjà contactée et son mari Paolo. Ils sont impatients de te rencontrer.

Je me retourne et lui fais un petit signe, je souffle sur ma main et lui envoie un dernier baiser que je vois virevolter dans les airs avant d'aller se poser sur ses lèvres.

*

C'est reparti, je viens de quitter Sienne, je me sens serein et me prépare à affronter une succession de côtes et d'ascensions pour un total de plus de mille mètres de dénivelé jusqu'au prochain contrôle. Je suis assez confiant, la leçon qui m'a été donnée lors de la première partie du parcours porte ses fruits, j'ai abandonné la mentalité de compétiteur qui m'avait habité en ce début de matinée. Avant tout rouler, profiter, rester prudent, oublier ce que peut être l'orgueil et les imprudences qu'il peut vous pousser à commettre.

Je roule sans me poser de questions. Je rejoins des coureurs qui sont en déshérence, d'autres me rejoignent, c'est un ballet continuel dans un décor splendide que nous offre la Toscane. Ces champs couverts d'oliviers, les vignobles qui donnent un vin de caractère, mais qui conservent une certaine douceur et enfin, ces chemins et ces routes bordés de cyprès. Comment passer à côté de tant de beauté qui s'inscrira de façon indélébile dans votre mémoire.

Les kilomètres s'effacent progressivement, le temps passe lentement mais sûrement, les jambes tournent et le cliquetis de la roue libre accompagne le cycliste qui baigne dans une certaine félicité. Oublié la douleur. Oublié la peur. Oubliés les trous, les cailloux et le sable qui vous font déraper. Au fil des kilomètres, on apprend à maitriser ces dérapages, à anticiper les pièges éventuels de la route et surtout à relativiser les heures passées pour cette progression. Comme l'écrivait le fabuliste Lafontaine, rien ne sert de courir, il faut partir à point. En gros qu'il est nécessaire de garder de l'énergie ou des provisions afin d'atteindre des objectifs difficiles. De fait, je m'étais métamorphosé depuis le départ, le lièvre que j'étais au départ de Gaiole se transformait en tortue, progressant de plus en plus lentement pour traverser l'épreuve. Une autre citation me vint à l'esprit, italienne cette fois-ci : *chi va piano, va sano e va lontano*. Oui ! Qui va lentement progresse, en bonne santé, et va loin. Cela s'appliquait à l'Éroica.

Deux heures plus tard, j'aborde les premiers points durs de cette montée interminable de vingt kilomètres, avec plus de trois cents mètres de dénivelé et je basculerai vers le poste de contrôle de Dievole où m'attendra Giuli. dans les premières rampes, je pense à ce doux moment, j'ai hâte d'y parvenir. Au bout d'un certain temps et malgré la potion magique de Giuli, mes cuisses se gonflent, mes mollets se durcissent, je ne pense plus à rien, je me concentre sur mon corps qui me crie sa souffrance, je vais avoir du mal à arriver au sommet, maintenant j'en suis certain. Je double des coureurs qui avancent au pas, d'autres ont déjà rendu les armes et mis pied à terre. Je desserre les sangles de mes cale-pieds tant que je peux encore rouler et enfin je m'arrête.

Je termine mon second bidon qui était déjà fortement entamé. Avale ma dernière barre de céréale en prenant bien le temps de la mastiquer. Je ne sais pas combien de temps il me reste pour arriver en haut, mais peu importe, je suis près du but. Dans une heure ou deux, je serai un héroïque, l'aventure sera terminée et je me mets à marcher, mon vélo à côté de moi qui de temps en temps me donne des coups de pédale dans le mollet, mais j'avance.

Je ne sais combien de temps durera cette marche forcée où j'en profite pour discuter avec les uns et les autres dans le grupetto de marcheurs qui s'est formé au fil des kilomètres. L'un d'entre eux décide de remonter sur son vélo et cela me motive pour en faire de même. Il a eu raison, la pente est plus douce et nous arrivons rapidement au point de bascule où nous apercevons au loin la prochaine étape, celle qui procurera un réconfort moral et physique. Giuli doit déjà m'attendre.

*

L'arrivée à Dievole est un bon moment et pour plusieurs raisons. Tout d'abord, on y arrive après une belle descente qui permet d'effacer les stigmates de la longue ascension qui a précédé. Ensuite, on sait qu'après ce contrôle et le ravitaillement, il restera une dizaine de kilomètres en faux plat sans difficulté particulière et surtout de la belle route en bitume. Et enfin, on va pouvoir manger et boire, car toutes les ressources disponibles ont été consommées. Moi, j'ai un bonus supplémentaire qui me permettrait de me passer de tout le reste, la présence de Giuli, son sourire, ses baisers et ses encouragements.

Quand j'arrive dans la rue principale du village, une autre surprise m'attend. Giuli, Joséphine ma cousine et Paolo sont là sur le bord de la route et agitent une banderole « Viva Romano ». Je ne m'y attendais vraiment pas et tous les autres concurrents doivent se demander qui est ce Romano qui a fait se déplacer des tiffosi. Je m'arrête et Giuli vient se pendre à mon cou et m'embrasse. Quand elle se détache, son tee-shirt et son bermuda bleus sont couverts de la poussière blanche que je transportais. Je suis heureux de les retrouver tous les trois et dans très peu de temps maintenant, nous pourrons profiter les uns des autres, ces retrouvailles avec mes cousins font également partie de l'aventure de cette édition de l'Éroica. Sans cette course, nous ne nous serions probablement jamais rencontrés, nous ne nous connaissions pas et pourtant quand Joséphine est venue m'embrasser à son tour, je fus habité d'un sentiment étrange. C'était comme si nous nous étions toujours connus, une complicité et une douceur certainement en rapport avec des liens indéfectibles, ceux du sang qui s'exprimaient en cet instant si particulier.

Passés ces premiers moments d'émotion, j'allais faire tamponner mon « passeport » au point de contrôle et rejoignais ensuite ma petite tribu de *tiffosi*. Giuli me tendit un bidon.

— Je t'ai préparé un autre bidon de potion magique parce que visiblement, tu n'es pas tombé dedans quand tu étais petit.

Elle se mit à nouveau à rire bientôt accompagnée par le sourire de Joséphine et les moqueries de Paolo. Ils avaient bien entendu compris l'allusion à Obélix tombé petit dans la potion magique du druide Panoramix.

— Je pense que tu n'as plus besoin de grand-chose d'autre. Tu es près de l'arrivée, les derniers kilomètres sont assez faciles. Tu devrais arriver à Gaiole où nous t'attendrons en moins d'une demi-heure. Tu tiendras le coup Rom ?

Bien sûr que j'allais tenir le coup. Si j'étais arrivé jusque là entier, ce n'était pas une dizaine de kilomètres en faux plat qui allait m'arrêter. Sauf crevaison ou incident mécanique, cela ne faisait aucun doute, dans une demi-heure au plus, je franchirais la ligne d'arrivée et je serais un autre homme, un héroïque de l'Éroica.

*

Ces derniers kilomètres, je les savoure. Oubliés les chemins et leurs pièges, oubliées les douleurs, je roule sur un beau ruban d'asphalte, celui emprunté au début de la course, mais cette fois-ci en sens inverse. Ce long faux plat ne pose aucune difficulté comparé à l'ensemble du parcours qui n'a pas manqué d'être accidenté avec près de dix-huit cents mètres de dénivelé. J'enroule mon braquet en rythme tel un métronome, dans quelques minutes je franchirai le portique de la ligne d'arrivée, je retrouverai Giuli, Joséphine et Paolo, je pourrai enfin profiter de cet instant tant attendu, celui où l'on peut se dire, je l'ai fait.

Moins de deux cents mètres, la route est bordée de barrières Vauban derrières lesquelles un public, venu nombreux de toute la Toscane, est là pour encourager les héroïques. Je suis seul, certains ont franchi la ligne avant moi, d'autres la franchiront après, mais pour le moment je profite des encouragements et acclamations. Il n'y a pas de doutes, ils me sont destinés, je suis le seul coureur à arriver pour l'instant.

Dans les derniers mètres, je me redresse sur ma selle, je lève les deux bras en signe de victoire, bascule la tête en arrière et pointe mes deux index vers le ciel, en mémoire à mon père dont je chevauche la monture. J'ai vraiment l'impression d'avoir gagné une étape du Giro ou du Tour de France et je franchis la ligne, le dernier contrôle de la journée. Une jeune femme s'approche, me passe une médaille autour du cou et m'embrasse sur la joue, je suis un héros, j'ai fait l'Éroica, j'appartiens à cet autre monde, j'ai relevé le défi, dépassé mes peurs et la douleur. D'autres coureurs arrivent, un organisateur me demande d'avancer pour laisser la place, je m'exécute en tenant mon vélo à la main. Ce vélo du siècle dernier qui ne m'a pas lâché et a rempli son office.

*

Une fois passé le sas de l'arrivée, je me retrouve au cœur du village, je retombe dans l'anonymat au milieu de la foule, des nombreux cyclistes qui m'ont précédé et enfin, je les vois. Ils agitent la banderole, ce sont mes trois *tiffosi*, je suis heureux de les retrouver, j'ai tant attendu ce moment. Giuli se jette à mon cou et m'embrasse, Joséphine me passe la main dans les cheveux pour m'ébouriffer et éclate de rire devant mon air hébété, Paolo me tape sur l'épaule et veut à tout prix me prendre en photo avec mon vélo. Une photo avec Giuli qui m'embrasse en tenant fièrement ma médaille dans la main, une autre avec Joséphine qui me tient par la taille, encore une autre avec Giuli et Joséphine qui m'encadrent et enfin un selfie où nous sommes tous quatre hilares. Je les ai impressionnés, aujourd'hui je suis éroico.

Il fait chaud, le thermomètre avoisine les trente degrés en ce milieu d'après-midi. J'ai chaud et j'ai retiré mon maillot. Je suis torse nu et mon fan-club ne peut s'empêcher de rire en découvrant mon bronzage cycliste bien marqué au niveau du cou et des bras. Je relève le bas de mon cuissard et baisse mes chaussettes pour leur montrer qu'il en est de même pour mes jambes. Paolo refait une photo. La délimitation est bien nette et il faudra certainement de longs mois pour qu'elle s'efface si elle s'efface un jour.

Nous avons enfin réussi à trouver une table sur la terrasse d'un café au bout du village, toutes les autres étant prises d'assaut dans le centre et ce n'est pas plus mal. Nous nous sommes un peu éloignés de l'agitation de l'arrivée et du bruit de la grosse caisse de la fanfare qui répète inlassablement les mêmes morceaux de musique militaire, entrecoupés de l'hymne national chaque fois qu'un élu demande le micro pour féliciter les coureurs.

J'ai déjà bu une bouteille d'eau quand Paolo ressort du troquet avec des *gelati* à la main. Ce sont des glaces artisanales et bios, pas de conservateurs ou d'additifs, un véritable goût de fruit avec une contrepartie, elles donnent encore l'envie de boire. Paolo retourne dans le bar, commande des consommations et quelques minutes plus tard, le serveur dépose sur notre table quatre bières dont la mousse généreuse déborde et coule le long des verres.

Je ne sais s'il était raisonnable de boire de l'alcool, mais l'effet se fait rapidement sentir. Entre deux rires, je parle, je n'arrête pas de parler, de raconter les routes blanches, les dérapages dans les gravillons, les freins qui bien que bloqués, ne freinent plus, la selle qui se désolidarise du vélo, la descente de la mort où j'ai bien cru que mon aventure prendrait fin et ils m'écoutent tous trois, imaginent et essayent de visualiser au fil de mon récit le déroulé de la course.

*

Un léger vent s'est levé, la température baisse, l'après-midi se termine et les derniers concurrents ont passé la ligne d'arrivée depuis un certain temps. Les organisateurs démontent les stands, les marchands remballent maillots, chaussures et pièces de vélos, les invendus, dans des cartons avant de les charger dans leurs véhicules. La fête touche à sa fin.

Les terrasses sont encore remplies de cyclistes qui récupèrent de leurs efforts et racontent leurs aventures à leurs proches et amis venus les soutenir. Demain Gaiole in Chianti retrouvera sa sérénité en attendant l'organisation suivante, l'année prochaine, le premier week-end d'octobre.

Paolo me demande si je compte revenir sur l'Éroica. Ma réponse est claire. Non ! Je suis venu, j'ai vu, j'ai compris, je l'ai fait, j'ai cru plus d'une fois que je finirais dans un fossé, c'est une course de fous. Mais en mon for intérieur je doute déjà de ma réponse catégorique. Aussi folle soit cette aventure, j'ai passé la ligne d'arrivée en souriant, heureux d'avoir relevé ce défi, et j'ai vécu un moment inoubliable qui a effacé toutes les difficultés éprouvées dans la journée. Je ne peux oublier le dernier kilomètre, celui qui me donne l'envie de ressentir à nouveau cette ivresse qui m'a envahi alors que j'étais porté par les encouragements du public. L'espace de quelques minutes, j'étais devenu un coureur cycliste, un forçat de la route, un champion. J'étais entré dans le club fermé de l'Éroica et des Strade Bianche, je me sentais vivant et invincible.

Nous avons rejoint notre estafette sur le parking de fortune installé dans un près, à la sortie de Gaiole, par les organisateurs. Il était temps de reprendre la route de Castiglione. Je ne me sentais pas particulièrement épuisé, mais j'étais ivre, la dernière bière m'avait entrainé dans une atmosphère ouatée et Giuli me tenait par le bras pour m'éviter de tituber et de me prendre les pieds dans les mottes de terre. Joséphine et Paolo se chargeaient de ramener le vélo, mon destrier qui m'avait été fidèle et dont j'entendais le cliquetis régulier et joyeux de la roue libre. Sur les chemins de terre, nous ne faisions plus qu'un, unis pour le meilleur et pour le pire jusqu'à la fin. Nous ne retiendrons que le meilleur.

De retour à l'*agriturismo*, je suis resté de longues minutes sous la douche chaude avant de m'allonger sur le canapé de la salle, les jambes surélevées pour les détendre et les vider des toxines accumulées tout au long de la journée. J'ai fermé les yeux et progressivement les voix de Giuli et de mes cousins qui préparaient le dîner, se sont effacées et j'ai sombré dans sommeil réparateur peuplés de rêves de paysages, des oliviers, des vignes, des longs serpents de terre blanche et de victoires.

Chapitre 5

— Réveille-toi mon amour. Il est midi et tu dors depuis hier soir. Tu t'es endormi vers dix-neuf heures et je n'ai pas voulu perturber ton sommeil. Ton visage était détendu, tu souriais, tu me semblais heureux, je n'ai pas voulu gâcher ce bonheur.

J'ouvre péniblement les paupières, j'ai l'impression d'avoir du sable dans les yeux et je la vois, penchée au-dessus de moi. Elle me sourit tout en me caressant le visage.

— Il est si tard que ça ?

— Eh oui caro mio. Tu as fait un tour de cadran complet, mais maintenant, il va falloir penser à te lever. Tu n'as pas faim ?

— Euh non, j'ai plutôt soif, j'ai la gorge sèche, la langue pâteuse comme si j'avais de la terre dans la bouche.

— Ne bouge pas, je vais t'apporter un verre d'eau à moins que tu ne veuilles un verre de Lambrusco, il en reste un fond dans la bouteille que nous avons bue avec tes cousins hier soir en pensant bien à toi allongé sur le canapé.

— Non plutôt de l'eau. Joséphine et Paolo sont partis ?

— Oui ! Très tôt ce matin, ils avaient un petit bout de route pour retourner à Florence. D'ailleurs, ils nous attendent demain. Ils ont posé tous deux une journée de congé pour la passer avec nous et nous faire visiter la ville. Une visite de Florence par des Florentins, une occasion à ne surtout pas manquer, en plus ils sont adorables tous le deux, joyeux et ne manquant pas d'humour. Nous allons passer un bon moment.

Je m'étire comme un chat et étonnamment, je ne ressens aucune douleur, aucuns stigmate de ma longue chevauchée de la veille. Le sommeil réparateur aura agi. Je suis un peu engourdi, mais je me sens bien, reposé avec l'impression de ne plus être le même homme.

Giuli me regarde avec tendresse, pour elle aussi je ne suis plus le même et elle est rassurée. Elle n'avait cessé de culpabiliser de m'avoir inscrit à cette épreuve surtout après m'avoir rejoint au premier ravitaillement à Sienne, piazza del Campo. Elle avait garé l'estafette à l'entrée de la ville et avait emprunté à pied, la via San Caterina qui débouche sur la place. Elle avait remonté cette rue qui semblait interminable avec un très fort pourcentage sur des dalles grises et glissantes par endroit. Elle s'était alors doutée de la difficulté que j'aurais à me hisser et de l'énergie nécessaire pour arracher les pédales, lutter contre la gravité et parvenir au sommet. Mais tout cela était passé, elle était maintenant soulagée. Elle me passa la main dans les cheveux et me déposa un baiser sur les lèvres qui me sortit de ma léthargie.

— Dis-moi Giuli, quel est le programme aujourd'hui ?

— Je crois que nous avions envisagé d'aller à Cortone pour découvrir ton héritage, la maison de ton père, non ?

— Ah oui, c'est vrai. J'ai encore un peu de mal à atterrir, mais tu as raison. En plus, nous avions pris rendez-vous avec le maire qui a les clefs de la maison, nous avons encore un peu de temps devant nous pour être à l'heure.

— Et puis si tu n'es pas trop cassé et encore en forme, nous pouvons y aller à vélo. Carlo m'a proposé de nous prêter deux vélos à assistance électrique. Nous aurons un peu plus d'une vingtaine de kilomètres à parcourir, mais avec les Watts des moteurs, nous ne devrions pas avoir à trop forcer et en moins d'une heure nous serons sur place.

— Bonne idée, cela nous fera une belle ballade et de plus une bonne récupération pour moi, faire tourner les jambes tranquillement, sans se faire mal, mais avant tout, maintenant j'ai faim.

— *Certo caro mio.* Nous t'avons laissé une belle portion de lasagne hier soir et quelques cantucci. Nous nous doutions que tu serais affamé à ton réveil. Pendant que tu manges, je vais préparer un café dans la petite Bialetti, un vrai café italien qui devrait te doper pour l'après-midi, tu pourras y tremper aussi tes cantucci.

Les lasagnes de Giuli, c'est une vraie tuerie. Des lasagnes végétariennes, pas de viande, mais l'association de diverses saveurs entre chaque couche de pâtes. Les épinards alternent avec la sauce béchamel et la tomate et l'épaisse tranche ainsi constituée, laissent apparaître, vert, blanc, rouge, le drapeau italien savamment orchestré par la cuisinière de talent que sait être également Giuli.

Enfin repu, le café avalé, les cantucci engloutit, je me sens prêt à affronter les vallons qui nous attendent à vélo, après avoir longé le lac sur une belle piste cyclable, pour rejoindre Cortone.

C'est sous le soleil et avec un ciel bleu magnifique que nous avons entrepris notre périple. Les efforts de la veille se faisaient ressentir chaque fois que la route s'élevait et force était de constater qu'elle s'élevait souvent. Dès que la pente se redressait, je voyais Giuli s'éloigner et malgré l'aide de l'assistance électrique, je ne pouvais aller plus vite ni la rattraper.

Nous approchions de Cortone et pouvions déjà apercevoir les murs imposants ceinturant la ville perchée au sommet d'une colline. Je pensais découvrir un village, mais en fait, c'était une vraie ville chargée d'histoire et de mythologie qui avait accueilli des descendants de Troie, les Étrusques parmi lesquels se trouvaient Ulysse et Pythagore.

Giuli avait fait des recherches sur l'histoire de Cortone et profita de notre trajet pour me faire part de ses découvertes. Ce fut une belle histoire qu'elle me raconta, remontant à Noé qui cent huit ans après le Déluge s'installa dans la vallée. Son fils, Crano, décida en l'an deux cent soixante-treize après le Déluge de fonder la ville de Cortone au sommet de cette colline dont il appréciait la hauteur et la tranquillité. Crano devenu roi régna alors sur une zone appelée par la suite Turrenia qui fut aussi la première appellation de la Toscane.

— Tu vois *caro mio*, tu es peut-être, par tes origines, un descendant d'Ulysse, de Pythagore et pourquoi pas de Noé. Tu es un survivant du Déluge.

— Je ne sais pas si je suis un survivant du Déluge, mais une chose est certaine, je suis un survivant des Strade Bianche et je ne sais pas si je survivrai à la dernière ascension qui nous amènera au sommet de cette colline.

Alors que je m'arc-boutais sur mon vélo pour essayer de franchir les dernières rampes, Giuli trouvait encore la force de rire tout en m'encourageant, mon supplice allait enfin prendre fin. Il prit fin quand nous arrivâmes à la place du Palazzo Comunale où nous allions rencontrer le maire, Franco Pozzovivo.

*

Franco Pozzovivo était accompagné de son adjoint, Beppe Bugno, tous deux devaient avoir mon âge, mais la grande différence par rapport à moi, c'est qu'ils n'avaient pas un profil de cyclistes, mais plutôt celui d'amateurs de pâtes et de *porchetta*. Ils nous accueillirent souriants et nous proposèrent de prendre place à une terrasse afin de parler un peu avant de nous rendre à la maison située à deux pas.

— *Dottore*, je suis heureux de vous rencontrer enfin. Le retour de l'enfant prodigue au pays. Votre père me parlait souvent de vous chaque fois qu'il venait avec votre maman à Cortone. C'était des personnes sympathiques et discrètes qui regrettaient cependant de ne pas vous voir plus souvent. Ils auraient aimé passer du temps ici avec vous et vous faire découvrir vos racines, là où avait commencé l'histoire de votre famille.

Je me sentais coupable maintenant qu'ils n'étaient plus là. J'étais un fils indigne qui n'avait pas pris la mesure de leurs attentes trop accaparé par mes escapades alpines et plus tard par mon travail à Annecy. Le temps passait si vite, trop vite, mais aujourd'hui, j'étais là et je pensais à eux avec émotion, les imaginant se promener dans la ville, s'arrêtant sur des terrasses et profitant de la douceur de la vie toscane.

— Vos parents étaient très fiers de vous dottore, de votre réussite et de celle de votre femme Giuli qu'ils adoraient.

— Monsieur le maire, vos propos me touchent.

— Ne m'appelez pas monsieur le maire, dottore. Appelez-moi tout simplement Franco, pas de chichi entre nous. Ici, nous sommes une grande famille depuis des millénaires. Vous êtes à Cortone, la mère de Troie et grand-mère de Rome. Nous avons survécu aux invasions des Goths et napoléoniennes et nous survivrons encore demain au changement climatique. Notre ville se prépare depuis des décennies à ce grand bouleversement.

— D'accord Franco, mais ne m'appelez plus *dottore.*

Deux tournées de Spritz plus tard, nous déambulions dans les rues de la ville, Franco ayant décidé de nous faire une visite guidée. Nous nous arrêtions fréquemment pour que Franco et Beppe puissent échanger lors de nombreuses rencontres et nous présenter comme les *francesi* de retour au pays.

La maison se situe à l'entrée de la via Roma qui débouche sur une place magnifique, la piazza della Repubblica, le centre de la ville où trône le Palazzo del Capitano del Popolo à quelques pas de la mairie, le Palazzo Comunale. Nous sommes au cœur du centre historique de Cortone à l'emplacement de l'ancien forum romain.

Arrivé devant la porte, Franco sort les clefs et nous les tend.

— Voilà Romano, vous êtes chez vous.

Derrière la grande porte en bois, nous pénétrons tous quatre dans une grande pièce de vie qui se prolonge sur une petite cuisine, elle-même débouchant sur un jardinet qui a été régulièrement entretenu, tout comme le terrain avec les oliviers, par les agents municipaux. À l'étage, une chambre et une salle de bain ont été aménagées par mes parents, une trappe dans le couloir permet d'accéder à un grenier où, d'après Beppe, doivent nicher des pipistrelles, de petites chauves-souris.

La maison était entièrement équipée pour y vivre, il suffisait simplement d'y faire entrer à nouveau la vie. Je ne me doutais pas à l'époque qu'une nouvelle étape de mon existence s'ouvrirait un jour dans ce cadre.

— Vos parents venaient tous les ans pendant une semaine pour surveiller les travaux des artisans et noter leur progression. Aujourd'hui, elle est habitable et présente tout le confort moderne, vous avez même l'internet avec le haut débit grâce à la fibre qui est arrivée, il y a une dizaine d'années.

— Je ne savais pas qu'ils venaient tous les ans. Ils ne m'en ont jamais parlé. Ils ne me parlaient jamais de cette maison et des travaux, je le découvre aujourd'hui.

— Pourtant, quand ils parlaient de la maison, c'était la maison pour Romano, ils étaient convaincus qu'un jour vous viendriez y vivre. C'est vraiment étonnant que vous ne soyez pas au courant.

- Pourtant Franco, c'est la vérité. J'ignorais tout de leur projet. Venir y vivre, je ne pense pas que ce soit envisageable, nous avons notre vie avec Giuli à Annecy, nous y sommes très bien. Mais revenir maintenant tous les ans pour participer à l'Éroica, parcourir à nouveau les Strade Bianche et établir notre camp de base ici, pourquoi pas.

Giuli était silencieuse depuis que nous étions arrivés. Elle ouvrait les portes des placards de la cuisine, fouillait dans la grande armoire de la chambre et se décida enfin à parler.

— Tu sais Rom, il ne manque rien. Tes parents avaient tout prévu et devaient s'attendre qu'un jour nous nous arrêterions à Cortone. Il nous reste encore trois jours avant de prendre le chemin du retour, pourquoi ne pas nous installer ici jusqu'à notre départ ?

— Tu es sérieuse Giuli ? Tu veux vraiment que l'on mette fin à notre location à Castiglione et que l'on vienne se poser ici ?

— Oui, oui ! Je suis très sérieuse. Cette ville est accueillante, la maison est confortable. Il ne manque vraiment rien, de la vaisselle aux couvertures, nous pouvons y passer nos dernières journées. De plus, cela nous donnera l'envie d'y revenir, tu verras, il me semble inimaginable que tu ne tombes pas sous le charme.

Sa proposition m'étonna dans un premier temps, mais très rapidement je compris son intérêt. Comment avais-je pu oublier sa passion pour l'art et l'histoire ? Cortone avait vu la naissance du centre de recherche sur la civilisation étrusque qui avait attiré l'attention de nombreux intellectuels tel que Voltaire. De plus l'Académie de Cortone avait été chargée de l'édition italienne du Dictionnaire encyclopédique de Diderot. Il y aurait effectivement fort à faire sur trois jours et je me rendis compte que cela serait insuffisant. Nous devrions y revenir plus souvent que je ne le pensais.

— Je me rends compte Giuli que tu as vraiment l'envie de venir t'installer ici, mais nous n'avons pas prévu d'aller rejoindre mes cousins à Florence demain, tu as oublié ?

— C'est vrai Rom. Nous irons à Florence demain, mais après-demain on déménage et il nous restera deux jours de farniente et cela en vaut vraiment la peine.

Franco et Beppe, nous écoutent l'air amusé. Ils sont heureux de voir que nous avons été séduits et que nous allons revenir.

Une fois la serrure verrouillée, nous les quittons sur le pas de la porte et repartons avec entrain avec nos bicyclettes. Pas besoin de moteur, le début de notre retour se fera en descente jusqu'à la vallée. Il nous restera ensuite, suffisamment de batterie pour retourner à Castiglione al Lago où nous informerons Laura et Carlo de notre souhait de libérer l'agriturismo le surlendemain. Ils comprendront.

Chapitre 6

À Castiglione, nous sommes montés dans le train qui doit nous conduire en à peine une heure à Florence. Nous arriverons à la gare de Santa Maria Novella en plein centre de la ville qui est considérée comme un des grands chefs d'œuvre de l'architecture italienne des années 1930.

Comme à mon habitude, le train a à peine quitté la gare que je ferme les yeux et me laisse bercer, je m'endors et serai à nouveau télétransporté. Un baiser sur la joue me tire de mes rêves.

— Réveille-toi Rom. Nous sommes arrivés à destination.

— Déjà ? Mais nous venons de partir. Je n'ai rien vu.

— Allez, bouge-toi. Je viens d'avoir un message de Joséphine. Elle nous attend à la sortie de la gare. Paolo, nous rejoindra plus tard, il a deux trois trucs à régler au bureau ce matin, mais il nous accompagnera au repas et pour l'après-midi.

Joséphine est là. Lunettes de soleil et un bob sur la tête, je ne l'aurais pas reconnue si elle ne nous avait pas fait de grands signes sur le trottoir en face de la gare.

Heureux de se retrouver, nous allons pouvoir commencer la visite guidée qu'elle nous avait promise.

Joséphine nous prévient, nous n'aurons pas le temps de tout visiter, de plus pour accéder aux divers musées et visites, il est nécessaire de réserver par avance les entrées. Mais peu importe, nous savons déjà que nous n'en serions pas à notre première visite de Florence qui est le véritable symbole de la Renaissance avec un patrimoine exceptionnel que Giuli a déjà eu l'occasion de découvrir pendant ses recherches. Mais ne nous attardons pas à la gare et Joséphine nous propose de prendre le chemin le plus court, pour nous rendre directement vers la piazza del Duomo, là où doit commencer notre parcours initiatique.

Nous arrivons dans le centre historique et passons devant la galleria dell'Accademia. Joséphine, en bon guide, nous explique que la galerie renferme les grandes collections de la Renaissance, notamment les sculptures de Michel-Ange dont le fameux David, mais également des œuvres de Léonard de Vinci.

Nous continuons notre pérégrination vers une des places les plus importantes de Florence, au cœur de la ville, la piazza del Duomo où je reste ébahi devant la splendeur architecturale de la cathédrale Santa Maria del Flore dont la façade de marbre blanc et vert resplendit au soleil. J'en suis ébloui au sens propre comme au sens figuré. Giuli m'avait prévenu, j'allais découvrir quelque chose d'exceptionnel et d'unique au monde, elle ne m'avait pas menti. Il fallait avoir du talent, mais aussi être visionnaire comme Brunellleschi pour imaginer et mettre en œuvre le chantier de l'immense coupole de quarante-six mètres de diamètre, perchée à plus de cent mètres. Quel dommage de ne pas avoir réservé des billets pour sa visite, du haut de la coupole nous aurions eu une vue imprenable sur toute la ville, le Campanile de Giotto, cette haute tour voisine, véritable chef-d'œuvre d'architecture et le Baptistère Saint-Jean-Baptiste juste en face. Nous ne visiterons pas cette fois-ci, mais au moins nous pourrons admirer la Porte du Paradis et les scènes de la bible sur les panneaux de bronze qui la composent.

La tête constamment levée, je ressens des douleurs dans le cou, certainement des courbatures héritées de l'Éroica qui ne veulent pas s'effacer. Ou alors, tout simplement le syndrome de Stendhal à rester ébahit devant autant de merveilles regroupées sur un même lieu. Je ressentais certainement les mêmes sensations que Stendhal avait pu décrire lors de sa visite de Florence : « *J'étais arrivé* à *ce point d'émotion où se rencontrent les sensations célestes données par les Beaux-Arts et les sentiments passionnés. En sortant de Santa Croce, j'avais un battement de cœur, la vie était* épuisée *chez moi, je marchais avec la crainte de tomber.* ».

Je ne sais que dire, je ne sais plus que penser, je n'arrive même pas à imaginer qu'à l'époque, avec les moyens dont disposaient les artistes et les compagnons que de telles édifications ont pu être possibles. C'est probablement cela, à mes courbatures s'ajoute un syndrome.

Paolo vient de nous rejoindre. Il a enfin résolu ses problèmes au bureau, c'est le moment de faire une pause comme nous le propose Joséphine. Nous allons nous diriger, en moins de cinq minutes, vers la Piazza del Mercato Nuovo et nous installer à une terrasse pour laisser passer un peu de temps afin que je puisse me remettre des émotions qui m'étreignent. Giuli n'est pas blasée, mais elle connaît les lieux, ce n'est plus une découverte pour elle et la surprise n'agit plus, elle ne succombera plus au syndrome.

Nous sommes bien installés, lunettes de soleil posées sur le nez et nous regardons passer les nuées de touristes qui se pressent sur la place pour aller toucher le nez du sanglier sauvage de la Fontana del Porcellino. Il se dit que cela apporte de la chance, mais aussi que vous reviendrez à Florence. Probablement les vertus d'une fontaine de jouvence, cela ne me déplairait pas d'y croire tant j'aimerais vivre l'éternité aux côtés de Giuli.

Même si passé dix heures du matin, il est presque midi, on ne sert plus le cappucino en Italie, peu m'importe de rompre avec les us et coutumes. J'en veux un accompagné d'un cornetto malgré le regard désapprobateur du serveur qui vient prendre notre commande et l'œil amusé de mes trois comparses. Une odeur de viande grillée parvient jusqu'à la terrasse, elle provient d'un marchand ambulant installé dans une petite rue attenante à la place. Giuli ne peut y résister, même si nous devons prendre notre repas dans moins d'une heure, elle décide de nous laisser quelques instants pour aller acheter une tranche de Porchetta bien chaude, enserrée entre deux tranches de pain. Quand elle nous rejoint, son sandwich déjà entamé sur le trajet, elle est rayonnante. A priori cela doit être bon pour qu'elle fasse une entorse à notre régime végétarien. Elle me propose de goûter et je le fais du bout des lèvres, car je souhaite me réserver pour le déjeuner.

*

Paolo avait réservé dans un petit restaurant végétarien à une dizaine de minutes de la piazza del Mercato Nuovo. Il nous rapprochait de l'Arno, le fleuve qui traverse Florence, le long duquel nous allions poursuivre notre visite plus tard. Le repas a duré, plus longtemps que nous l'avions prévu, nous avions tant de choses à nous raconter. Bien entendu, Paolo intéressé par l'Éroica, avait voulu que je lui donne des détails sur le déroulement de la course. Probablement, l'an prochain, il aimerait tenter l'aventure en se laissant plusieurs mois pour s'entraîner. Ce qui l'inquiète avant tout, c'est la selle. Je le rassure. Avec un entraînement régulier tout au long de l'année, on s'habitue et on finit par ne plus y penser. Les seules difficultés auxquelles on peut être confronté, ce sont tout d'abord les routes blanches, leurs ornières, leurs trous et la poussière. Ensuite, ce qu'il ne faut pas négliger, ce sont les diverses ascensions qui émaillent le parcours. Malgré mes explications détaillées et mes conseils, la selle reste pour Paolo le sujet majeur ce qui ne manque pas de faire sourire Joséphine qui aimerait bien également relever le défi des Strade Bianche. Nous verrons l'an prochain, car d'ores et déjà, la décision est prise, maintenant que nous avons un pied à terre à Cortone, nous reviendrons.

*

Je me sens bien lourd après ce repas qui a été bien arrosé avec une bouteille de Chianti et le soleil, alors que nous longeons les rives de l'Arno, nous assomme littéralement. Nous progressons lentement vers le Ponte Vecchio que nous apercevons au loin, le plus ancien pont de Florence, un édifice majeur de la ville qui fait partie de tous les itinéraires proposés aux touristes. Paolo en profite pour nous prendre une nouvelle fois en photo. Nous posons chacun notre tour, après en couple, ensuite ensemble. Il a raté sa vocation à n'en pas douter et nous le lui faisons remarquer ce qui semble l'amuser. Nous aurons un bel album de souvenirs de cette journée.

Arrivés au Ponte Vecchio, c'est l'embouteillage. Ce passage au point le plus étroit de l'Arno est un fleuve humain qui progresse lentement le long des nombreuses bijouteries.

Joséphine nous raconte alors qu'il y a plus d'une cinquantaine d'années, le fleuve a cassé ses levées et le niveau de l'eau a monté au point d'inonder les boutiques sur le pont et prendre possession de toute la ville qui comporte de nombreuses cuvettes topographiques. Nous l'écoutons avec attention et tout cela nous semble incroyable, mais pourtant l'eau a rapidement atteint le premier étage des maisons et causé de nombreux dommages en ville. Heureusement, le patrimoine culturel et artistique a pu être sauvé et restauré. Actuellement, les autorités locales sont inquiètes du fait du changement climatique qui entraîne des événements météorologiques d'une grande violence dans le monde. Une nouvelle inondation de Florence est aujourd'hui un risque à ne pas écarter et des protocoles d'urgence sont prêts à être mis en œuvre pour préserver ce patrimoine historique et la population.

Nous avons mis du temps à le traverser ce pont qui est considéré comme un des lieux les plus romantiques de Florence et nous ne pouvons échapper de nouveau à la folie photographique de Paolo. Il lui fallait une photo romantique et nous avons cédé à sa demande. Sur fond de la ville avec l'Arno, nous nous sommes enlacés avec Giuli et le baiser qui a suivi, a laissé suffisamment de temps à notre paparazo pour prendre sous tous les angles ses clichés.

La journée avance et nous ne devons pas oublier que nous avons un train à prendre vers vingt heures. Joséphine regarde sa montre, nous n'aurons pas le temps de tout voir, mais nous reviendrons. Elle nous propose alors de nous diriger, une fois le pont traversé vers la Piazzale Michelangelo qui se trouve sur une petite colline. Nous allons encore devoir grimper, mais la vue offerte sur l'ensemble de la ville est magnifique avec un large panorama. Elle avait raison Joséphine, il ne fallait pas manquer ce point de vue. De notre promontoire nous découvrons la coupole de Brunelleschi et le Duomo de Florence, le fleuve Arno, le Ponte Vecchio et le Palazzo Vecchio qu'il nous reste à découvrir. Quant à la place, on retrouve en son centre une des reproductions du David de Michel-Ange et Joséphine nous confirme que nous pourrons en admirer une autre à la fin de notre périple sur la piazza della Signoria.

Après une nouvelle marche qui m'a semblé interminable, nous débouchons sur la piazza della Signoria, véritable point d'orgue de notre journée. Le Palazzo Vecchio trône sur cette place, il est imposant avec sa tour qui doit avoisiner les cent mètres. À son entrée, nous y retrouvons une reproduction du David de Michel-Ange et un Hercule de Bandinelli. En face du château, la Loggia della Signoria est un véritable musée à ciel ouvert où nous pouvons admirer plusieurs statues appartenant au musée des Offices que nous ne manquerons pas visiter une prochaine fois. Enfin, dernière séance photo pour notre paparazzo, la Fontaine de Neptune avec une statue du dieu de la mer en marbre blanc. Le temps presse, il est dix-neuf heures, le train ne nous attendra pas et le baiser devant la fontaine ne s'éternisera pas, le temps d'une prise de vue uniquement.

C'est au pas de course que nous traversons la ville pour enfin arriver à la gare, il était temps, le train part dans moins de dix minutes. Joséphine et Paolo nous ont quittés en cours de route pour aller récupérer leur scooter et rentrer chez eux. Des adieux rapides, des embrassades et surtout la promesse de se retrouver bientôt, au plus tard dans un an pour l'Éroica.

Je suis épuisé par la marche de la journée et la chaleur écrasante qui nous a achevés. Le train prend son départ, je ferme les yeux et le miracle de la télétransportation agit de nouveau. Quand je les ouvre, nous sommes à Castiglione et comme par magie, le baiser de Giuli contribue à me faire revenir dans le monde réel. Hâte de me coucher et demain, nous déménageons, direction Cortone.

Chapitre 7

Il nous reste deux jours de farniente et nous avons bien l'intention d'en profiter avec Giuli, maintenant que nous avons posé nos bagages à Cortone.

Nous n'avons plus l'impression d'être des touristes en vacances, c'est différent, nous sommes chez nous, dans notre maison que nous avons rapidement investie. Où que soient mes parents aujourd'hui, ils doivent nous observer avec bonheur, ils l'avaient prévu et mis en œuvre, pendant des années, les conditions de notre accueil. Nous nous y sentons bien dans cette petite maison, nous y reviendrons régulièrement à l'avenir.

Ces deux journées ont passé rapidement, trop à notre goût probablement aussi parce que nous avions également besoin de repos, les jours précédents nous n'avions pas été avares d'efforts. Sans parler de l'Éroica, le voyage pour arriver en Toscane et la visite de Florence au pas de course, nous en ressentions le poids lors de ce premier jour à Cortone. Ce n'était pas la peine de mettre un réveil pour le matin, nous ne l'aurions pas entendu et de fait, nous n'avions pas besoin de prendre un petit déjeuner, nous passions directement, vu l'heure du lever, au repas du midi.

Nous avons revu Franco et Beppe qui entre deux dossiers au municipio et quelques poignées de main dans les rues, ont trouvé le temps de nous rejoindre en terrasse pour boire soit un café en fonction de l'heure, soit pour déguster un gelato bien venu sous les fortes chaleurs de ce mois d'octobre.

Tous deux, forts volubiles, nous ont raconté la vie dans leur ville qui désormais était la nôtre. Les histoires succédaient aux anecdotes, nous étions armés pour être intégrés et devenir de vrais Cortonesi. Nous ne pouvions rien ignorer des histoires de familles et des rivalités qui divisaient la cité, notamment lors des élections municipales.

Nous avons apprécié de les écouter parler, c'était relativement confortable, nous n'avions rien à dire, simplement à sourire et à hocher la tête. C'était reposant, quant à eux, ils devaient considérer que nous étions bien élevés, car nous ne leur apportions aucune contradiction. Nous étions un bon public qui de plus, riait de leurs histoires drôles.

Avec Giuli, nous avons arpenté, du moins nous le pensions, toutes les rues de la ville. Nous avons découvert les diverses boutiques, repéré les producteurs qui pouvaient présenter un intérêt au quotidien et le fait d'avoir été vus avec le maire et son adjoint, nous donnait une petite notoriété. Au bout de deux jours, nous étions adoptés, nous n'étions plus les Français, mais des enfants du pays, nous avions notre place.

Bien entendu et cela est inévitable quand on investit un lieu, nous avons dépensé plus que nous l'autorisait notre budget, c'était pour la bonne cause toutefois. Nous voulions apporter notre touche personnelle à la maison pour nous sentir vraiment chez nous.

Des bibelots se sont posés sur les meubles de la pièce de vie, un tableau s'est accroché au-dessus de la cheminée et divers ustensiles de cuisine sont venus rejoindre ceux que nous considérions d'un autre temps.

Sur l'intervention de Franco à qui personne ne peut rien refuser, le deuxième jour un technicien est venu nous connecter la fibre pour internet et le téléphone. Une bonne chose de faite, car avec Giuli, nous commencions même à envisager de venir y passer plusieurs séjours par an et le télétravail, avec une bonne connexion, était rendue possible. L'idée, de profiter de l'extrême douceur du climat et de paysages magnifiques, s'était ancrée dans nos esprits sans que nous n'ayons eu besoin de l'évoquer ensemble. C'était naturel, c'était une évidence qui s'imposait à nous. Annecy, son lac et ses montagnes bien entendu, nous manquait, mais là c'était différent, un retour au pays.

*

Nous partons demain matin à l'aube, nous reprenons le chemin de la Haute-Savoie, nous sommes attendus, Giuli par ses élèves à l'université et moi par mon associé qui ne cesse de m'envoyer des messages et souhaite que nous bouclions certains dossiers dans les délais les plus brefs. Il n'a pas tort. Cette dernière journée, nous voulons la savourer même si elle commence quand nous nous levons, aux alentours de midi.

Nous avons trouvé un petit restaurant via Roma qui ne paye pas de mine à l'extérieur. Une fois entrés, une chaleur s'en dégage et nous sommes accueillis par le patron qui nous a reconnus. Nous sommes les amis du maire et il insiste pour nous offrir un spritz que nous ne pouvons refuser au risque de le vexer. Ils sont tous sympathiques et accueillants dans cette ville, ils sont également très susceptibles et n'ont pas la notion du temps. De fait, nous avons le temps de boire notre apéritif, de vider une bouteille d'eau, de dévorer la corbeille de pain, car la faim se fait sentir en l'absence de petit-déjeuner et au bout d'une demi-heure, il nous apporte enfin nos assiettes. Elles sont bien garnies et nous ne regrettons pas l'attente et je dis à Giuli qui éclate de rire que les tomates il doit aller les cueillir et traire la bufflonne qui lui a donné le lait pour fabriquer sa mozzarelle. Mais j'arrête d'être mauvaise langue et heureusement que personne ne comprend le français. Ces assiettes sont de véritables œuvres d'art. Les tranches de tomates sont disposées en arc de cercle et alternent avec des lamelles de mozzarelle, l'ensemble encadrant une belle tranche de jambon cru. Nous n'osons lui dire que nous sommes végétariens, nous risquerions de le contrarier, autant ne pas nous fâcher, nous mangerons également la viande. L'ensemble est assaisonné avec de l'huile d'olive vierge et bio, de vinaigre balsamique et de basilic.

Nos plats terminés, le patron se présente à nouveau et nous propose des desserts. Nous le remercions et lui demandons simplement de nous servir un café, nous souhaitons aller manger une glace sur la piazza della Repubblica. Pas de soucis pour sa part. Il nous indique même le bon glacier et décide de l'appeler pour le prévenir de notre arrivée. Que l'on soit bien traité. En gros, nous n'avons pas le choix que d'aller où il nous adresse, certainement un membre de sa famille ou un ami et puisque nous sommes des amis du maire, nous sommes également les siens.

Il n'y a pas à dire, nous avons été bien accueillis par le glacier et nous ressortons de sa gelateria avec des cornets où la glace déborde de toutes parts. Vraiment délicieux. Nous nous installons sur les dernières marches du Pallazzo Communale d'où nous avons la vue la plus large de la piazza della Repubblica, nous allons pour nos dernières heures à Cortone, apprécier la vie au cœur de la cité. Ainsi bien installés, le temps a passé vite et une légère fraicheur commence à se faire sentir, annonce le début de soirée préambule à notre fin de séjour. Giuli se penche vers moi, approche son visage et m'embrasse avec passion. Nous n'avons pas vu, ni entendu le maire, Franco, arriver et nous observer avant de nous interpeler.

— *Allora*, Roméo et Giulietta, vous allez nous quitter ?

— Eh oui Franco, nous devons rentrer et nous n'avons pas vu passer le temps ces deux derniers jours, nous étions bien. Nous nous sentions chez nous.

— Mais vous êtes chez vous. Tout le monde vous a adopté ici. D'ailleurs quand les gens parlent de vous, ils vous surnomment les amants de Cortone.

— Les amants de Cortone ? Pourquoi ?

— Il y avait Roméo et Juliette, les amants de Vérone et bien, avec Romano et Giulietta, nous avons nous aussi notre couple d'amoureux. Vous êtes nos amants de Cortone. Nous aurions aimé que vous puissiez rester un peu plus longtemps. En moins de deux jours, vous vous êtes fait une place parmi nous. Nous espérons vous revoir très bientôt.

— Nous reviendrons Franco, il n'y a aucun doute, maintenant que nous nous sommes installés, mais nous devons rentrer travailler.

— *Peccato*, dommage. Vous savez, vous pourriez vous installer ici toute l'année, travailler à distance et faire des aller-retour en semaine. Beaucoup de gens font ça aujourd'hui.

— Tu as raison Franco. Je te promets que nous allons y penser, cela demande tout de même une sacrée organisation. Mais ce n'est pas impossible. Nous devons y réfléchir.

— *Bene, bene.* Bien, bien. Je dois vous quitter, on m'attend à l'autre bout de la ville, des problèmes de voirie. C'est ingrat d'être maire, on est toujours sollicité pour tout et pour rien. Bientôt on me téléphonera pour j'aille changer l'ampoule d'un candélabre ou encore remettre du papier dans les toilettes publiques. Mais bon ! Je ne vais pas me plaindre, personne ne m'a forcé à me présenter aux élections.

— *Ciao* Franco. nous nous reverrons bientôt.

— J'y compte bien. Donnez des nouvelles de temps en temps. Dites- moi quand vous venez et on préparera votre arrivée. Nous y tenons à nos amants de Cortone. *Ciao* les amoureux. Prenez soin de vous et donc à très bientôt.

La conversation avec Franco, nous a amusés et nous le regardons s'éloigner en pressant le pas dans une ruelle jusqu'à ce qu'il disparaisse. Giuli rapproche à nouveau son visage du mien et reprend le baiser interrompu par l'irruption de notre ami.

*

Nous reviendrons les années suivantes sur plusieurs périodes qui seront de plus en plus longues quand nous aurons besoin de faire une pause, mais aussi pour participer au rendez-vous annuel de l'Éroica, de cette fête du vélo sur les Strade Bianche. Nous y avons pris goût. Et puis, nous avons été adoptés par cette ville, nous faisons maintenant partie de son décor. Nous sommes devenus les amants de Cortone. C'est romantique comme comparaison avec ceux de Vérone et cela ne nous déplait pas.

Rom et Giuli, les amants de Cortone.

PARTIE 3

Chapitre 1

Cela fait déjà deux mois que Giuli est hospitalisée. À Annecy les urgences étant saturées, elle est à l'hôpital de Genève où elle a été transférée, car par chance, nous avions un ami qui y était chef de clinique au service des maladies infectieuses. Par amitié et face à notre désespoir, il avait accepté qu'elle y soit admise en surnombre.

Depuis deux mois, je faisais des aller-retour, plusieurs fois par semaine en Suisse, en alternant avec des visios qui nous permettaient au moins de nous voir, de parler. C'était important de se parler, nous en avions besoin, nous nous sentions si seuls, désemparés en étant séparés l'un de l'autre. Mais nous ne pouvions faire autrement. J'aurais tellement aimé rester auprès d'elle, jour et nuit, mais mon activité professionnelle requérait ma présence au cabinet à Annecy où mes dossiers prenaient de plus en plus de retard, provoquant l'exaspération de mon associé et de nos clients. Tout cela me semblait bien futile au regard de ce que nous vivions, cependant la vie continuait pour les autres, pour nous elle était entre parenthèses. Giuli s'affaiblissait de jour en jour, mais une étincelle de vie qui me donnait espoir, continuait à briller dans ses yeux. Giuli se battait contre la maladie. Elle ne céderait pas aux attaques permanentes du virus, elle le vaincrait et nous retrouverions notre vie. J'en étais certain, car il ne pouvait en être autrement, nous ne pouvions vivre l'un sans l'autre.

*

Il y a deux mois nous étions heureux et insouciants, convaincus que nous avions l'éternité devant nous. Dans moins de trois semaines, nous devions partir à Cortone et participer à une nouvelle édition de l'Éroica, c'était désormais notre rendez-vous annuel et nous nous y préparions avec sérieux. Avec l'expérience, nous ne laissions plus rien au hasard. Nous nous entraînions avec ardeur et régularité sur nos routes préférées de Haute-Savoie et adoptions une diététique rigoureuse sur les derniers mois afin de nous présenter sur la ligne de départ, au meilleur de notre forme. Mais participer à l'Éroica c'était aussi pour nous, l'occasion de retrouver notre maison que nous avions aménagée à notre goût, y apportant à chacun de nos séjours, de plus en plus fréquents, une touche personnelle en décoration ou mobilier. Et puis, nous retrouvions avec plaisir Franco et Beppe, nos voisins, nous étions les amants de Cortone. Nos cousins, Joséphine et Paolo s'étaient également pris de passion pour la course et participaient maintenant à chaque édition avec nous. Notre vie se dessinait de plus en plus en Toscane et il nous semblait inévitable qu'un jour nous nous y installions de façon définitive.

Ce matin-là, ce n'est pas Giuli qui m'a réveillé comme à son habitude, mais l'inverse et j'ai eu du mal à la sortir du lit où elle se cachait sous la couette. Elle se sentait fatiguée, mais très rapidement après avoir bu une tasse de café, dévoré une grosse tartine avec du fromage et de l'avocat découpé en fines tranches, elle retrouva un semblant d'énergie pour se préparer à sortir. Une tenue d'été serait suffisante, le temps était idéal, ciel bleu sans nuage et douceur estivale en ce début septembre.

Nous avions prévu une belle sortie de moins de cent kilomètres qui devait parachever notre préparation. Nous devions faire du dénivelé pour être en mesure d'affronter les collines Toscanes. Les semaines à venir seraient alors consacrées à maintenir le niveau de forme, sans plus, sans forcer pour conserver des réserves pour le jour J.

Au menu du jour qui serait copieux, mais nous avions de l'appétit, nous allions rejoindre les hauteurs d'Annecy-le-Vieux, pour nous diriger vers le petit col de Bluffy qui nous permettrait ensuite de nous engager sur le col de la Forclaz où nous ferions la traditionnelle pause café avant de redescendre vers le lac et rejoindre Annecy par la piste cyclable. Nous aimions faire cette halte au col de la Forclaz et nous poser sur la terrasse du restaurant panoramique qui nous offrait une vue imprenable sur le lac, les massifs environnants et au loin, Annecy devenu une véritable fourmilière comme chaque été. Il était hors de question de sacrifier à la pause café qui était devenu un véritable rite indispensable lors de nos sorties à vélo. Le plaisir résidait également, entre deux efforts et à mi-parcours, dans ce temps d'inactivité où seule la contemplation trouvait sa place.

Deux cols, de moins d'une douzaine de kilomètres chacun, nous attendaient et nous ne redoutions pas ce rendez-vous avec la pente. Avec le temps, nous avions appris à maîtriser les différentes phases des ascensions pour éviter de souffrir aux changements de rythme. Avant tout nous voulions ressentir l'ivresse de la progression au fil des kilomètres et admirer les paysages qui défilaient comme un long travelling à chaque coup de pédale.

Le col de Bluffy est sympathique, régulier sans véritable difficulté. On peut y emmener un gros braquet et l'avaler à une vitesse avoisinant les trente kilomètres-heure, les jours de grande forme. Celui de la Forclaz est d'un tout autre calibre, avec des portions plus raides, mais avec un avantage, une petite descente qui permet de se ressourcer à mi-parcours. Surtout, ne pas craquer dans les trois derniers kilomètres les plus redressés que seuls le petit plateau à l'avant et la denture la plus grosse de la roue libre, permettent d'affronter sans poser pied à terre.

La première portion de huit kilomètres nous a amené jusqu'au village d'Alex, sur une belle départementale bien aménagée avec une voie cyclable où nous avons alors changé de direction pour emprunter des pentes raisonnables jusqu'au col de Bluffy. Chaque fois que nous avions passé ce col, Giuli menait le train, mais aujourd'hui, c'était différent, elle restait dans ma roue et chose incroyable qui n'était jamais arrivée, dans les quatre derniers kilomètres, je la décramponnai. D'habitude c'était l'inverse, mais après tout, personne n'est à l'abri d'un mauvais jour ou d'une baisse de forme. Cela ne m'avait pas alerté et nous avons poursuivi notre périple vers le col de la Forclaz. Nous étions convenus de le monter, chacun à notre rythme et nous nous attendrions au col pour poser nos vélos et aller profiter de la pause salutaire après un tel effort. Café allongé certainement accompagné d'un de ces délicieuses tartelettes aux myrtilles. J'en avais déjà l'eau à la bouche.

Dès que la route s'est redressée, j'ai lâché Giuli. Avec un braquet tout à gauche, je moulinais comme un forcené et le fait d'être seul en tête, me donnait l'impression d'être dans un état de sublimation, je volais littéralement. C'était de bon augure pour l'Éroica. J'étais Fausto Coppi, Claudio Chiapucci ou encore Romain Bardet et j'arriverais au col sans difficulté.

J'ai tout de même eu un cas de conscience. Quelque chose n'était pas normal, même si j'estimais avoir progressé, Giuli aurait dû pouvoir me suivre, voire même me laisser dans le naufrage auquel je m'étais habitué, dans les trois derniers kilomètres après la petite descente. J'avais beau me sentir toujours jeune, notre différence d'âge se faisait sentir, année après année. Soit elle devenait de plus en forte et moi de moins en moins puissant, soit c'était une combinaison des deux, cette dernière hypothèse me semblant la plus réaliste, je devais m'y résoudre.

Je décidai de m'arrêter à l'amorce de la descente avant les dernières rampes afin de l'attendre. Cela faisait déjà plus de quinze minutes que j'étais arrêté et je commençais à me refroidir sérieusement. Ma décision était prise, j'irais à sa rencontre pour reprendre l'ascension avec elle. Quatre kilomètres plus bas, un trajet qui me sembla interminable, mais pourtant rapide dans les faits, je la vis, arrêtée sur le bas-côté, couchée sur son guidon, la tête penchée sur la roue, immobile.

— Qu'est-ce qui se passe Giuli ? Ça ne va pas ? Tu as un coup de pompe ?

Elle ne me répondit pas et mit du temps à relever la tête et me lancer un regard où je pus deviner toute sa détresse.

— Giuli, réponds-moi. Il ya quelque chose qui ne va pas. Je vois bien que tu as du mal à respirer et tu es toute blanche. Ouvre ton maillot, il est peut-être trop serré et ça te bloque la respiration.

Giuli se redressa et s'exécuta mécaniquement, prit une forte inspiration et put enfin me répondre avec difficulté cependant. Le débit de sa voix était haché, entrecoupé par une respiration rapide. Je regardai ses doigts qui dépassaient de ses mitaines, ils étaient blancs comme les statues de Florence et les ongles bleuis me firent comprendre immédiatement qu'elle était en manque d'oxygène.

— Tu sais Rom. Je n'arriverai pas en haut. Je n'en peux plus. Je suis épuisée. Je n'arrive pas à respirer. Je ne sais pas si j'aurai la force suffisante pour rentrer à la maison. Alors qu'elle me répondait, de grosses goûtes roulaient sur son visage. Ce n'était pas de la sueur, c'étaient des larmes. Giuli pleurait en silence.

— Écoute Giuli, tu vas te reposer encore quelques minutes. Allonge-toi sur l'herbe, surélève tes jambes et pose-les en équilibre sur le cadre de ton vélo. Ferme un peu les yeux. Ça va te faire du bien et te permettra de récupérer. Si ça ne va pas mieux, j'appellerai à Annecy pour que l'on vienne nous récupérer avec une estafette. Ne t'inquiète pas et repose-toi.

Je lui demandai de ne pas s'inquiéter, mais moi j'étais fou d'inquiétude, je ne l'avais jamais vue dans un tel état. Il était maintenant incontestable que nous n'arriverions pas au col et que nous devrions abréger cette sortie.

Je la regardai, allongée dans l'herbe du bas-côté, elle était toujours aussi pâle avec une respiration saccadée, mais semblait également plus détendue. Au bout d'une demi-heure, elle me demanda de tenir son vélo afin qu'elle puisse se relever.

— Ça va mieux Giuli ?

Elle s'assit sur le cadre du vélo et prit plusieurs inspirations profondes, elle trouva à nouveau la force de me répondre.

— Oui, ça va mieux Rom. Ne t'inquiète pas, je sens que j'ai repris des forces. Il était nécessaire que je fasse cette pause, mais maintenant, je sens vraiment que ça va mieux même si j'ai du mal à respirer. Je crois que nous allons faire demi-tour et rentrer.

Bien sûr que nous allions rentrer et la question ne se posait même pas.

Nous avons amorcé la descente vers Talloire où nous avons entrepris de rentrer par la piste cyclable, un trajet sans difficulté notoire. Giuli aimait les descentes. En fait, elle aimait tout, les côtes, le plat, mais les descentes plus particulièrement et je me félicitais de ne jamais lui avoir confié le guidon de ma moto. D'ailleurs, elle n'avait pas le permis. Quand elle descendait, c'était à fond et cela m'inquiétait toujours quand en essayant de la suivre, mon compteur s'affolait aux alentours des soixante-dix kilomètres-heure. Pour moi c'était de l'inconscience, pour elle au contraire de la maîtrise.

Aujourd'hui c'était différent. Je progressais à moins de quarante kilomètres-heure et elle restait à une dizaine de mètres derrière moi. Arrivée sur la piste cyclable, elle fut à nouveau lâchée alors que je roulais lentement et sans forcer. Je l'attendis à nouveau en faisant une pause à Menthon St-Bernard.

— Ça ne va vraiment pas Giuli. Si tu veux, on s'arrête. Tu restes assise à la terrasse du bar-tabac, je vais chercher une voiture et je reviens te chercher. Qu'est-ce que tu en penses.

Giuli attendit quelques minutes avant de me répondre. Sa respiration était toujours aussi courte et rapide.

— Ça va aller Rom, ne t'inquiète pas, il nous reste à peine cinq kilomètres et c'est un faux plat descendant, je vais laisser rouler le vélo tout seul.

Avec le temps, j'avais compris qu'il était inutile d'insister et nous avons repris notre route, en moins de dix minutes, nous devrions être rentrés à l'appartement.

Même s'il nous restait peu à parcourir, elle n'avait plus la force de pédaler et accepta d'accrocher une main à mon épaule et se laissa ainsi tracter pour mettre fin à ce qui me semblait être réellement un supplice.

Une fois rentrée, elle se dirigea directement vers la chambre, se laissa tomber sur le lit toute habillée, sans enlever sa tenue de cycliste. Elle ferma les yeux et sombra dans un profond sommeil entrecoupé par des quintes de toux qui, à chaque fois, m'effrayaient. Je lui apportai alors un verre d'eau qu'elle essaya d'avaler avec grande difficulté avant de se rendormir.

*

En fin de soirée, le verdict du médecin était sans appel, son diagnostic était clair. Malgré la vaccination annuelle depuis la pandémie du CoVid-19 qui nous avait tous plongés dans la peur lors de plusieurs confinements au cours des années 2020, la mutation du virus était aujourd'hui incontrôlée. Une nouvelle épidémie se développait, les hôpitaux commençaient à être saturés. Il fallait hospitaliser d'urgence Giuli, mais au centre hospitalier d'Annecy ce n'était pas possible. Tous les lits en réanimation étaient pris, et cela pour plusieurs semaines, au détriment de tous les nouveaux cas qui se déclaraient. L'hôpital public en France se portait mal, les gouvernements successifs n'avaient pas tiré de leçon des crises antérieures et au manque de praticiens, s'ajoutait la suppression, année après année, des lits qui se révélaient indispensables aujourd'hui. J'appelai alors Jacques, un ami chef de clinique à l'hôpital de Genève qui n'hésita pas un instant pour me répondre. Giuli serait admise dans son service.

Chapitre 2

Arrivée à l'hôpital, Giuli fut admise dans un service en réanimation. Ses quintes de toux révélaient une détresse respiratoire qui l'épuisait et fut traitée dans un premier temps par oxygénothérapie. En règle générale, les patients ainsi atteints restaient au plus deux semaines dans le service avant de reprendre des soins à domicile et s'engager vers une guérison lente. L'hypoxie, subie lors de la déclaration des premiers symptômes, entraînait une souffrance cellulaire et un risque pour les différents organes. Mais ce sont avant tout les personnes âgées qui pouvaient craindre de telles séquelles, mon ami tentait de me rassurer. Giuli était encore jeune et en bonne santé, les risques d'une aggravation étaient faibles. La seule inconnue restait sur l'évolution de ce virus d'une nouvelle génération et les chercheurs n'avaient pas encore réussi à la cerner. Les seuls points de comparaison dont disposaient les médecins, portaient sur les pandémies précédentes.

Quand j'allais rendre visite à Giuli, un maximum de précautions s'imposait. Elle était isolée dans une chambre séparée du couloir par une vitre où je pouvais la voir, mais simplement la voir, ne pas la toucher, ne pas l'embrasser. Un véritable supplice pour nous deux. Nous nous parlions à l'aide d'un combiné comme dans un parloir, mais très rapidement cela la fatiguait, elle avait du mal à respirer, se remettait à tousser et à bout de force, s'allongeait à nouveau dans son lit, remettait son masque à oxygène qui lui mangeait son visage.

Au cours de ce premier mois, sa santé évolua très peu. À la voir, je pensais même qu'elle se dégradait. Elle, déjà fluette, s'amaigrissait de semaine en semaine, ses joues se creusaient davantage et sa pâleur avait effacé le bronzage qu'elle devait à nos longues sorties à vélo durant l'été. J'essayais de rester toujours souriant et enjoué pour ne pas lui montrer ma douleur et mes peurs. Le médecin m'avait prévenu, le moral est essentiel pour favoriser la guérison, dans le cas contraire les patients se laissaient glisser lentement vers une issue malheureusement fatale. Non ! Je ne pouvais envisager cette issue. Giuli était une battante, elle ne lâchait pas dans les cols malgré de forts pourcentages, elle s'accrochait jusqu'au bout, elle vaincrait la maladie, anéantirait ce sale virus et enfin rentrerait à la maison. Nous serions de nouveau heureux, ensemble encore, toujours plus fort d'avoir surmonté cette épreuve.

Quand je l'appelais le soir en visio, c'était différent. Certes c'était toujours très court, mais je voyais son visage en grand sur mon écran dont la définition atténuait les stigmates de la maladie. L'important était que je puisse la voir tous les jours, j'en avais besoin, même si j'évitais de le lui montrer et je pense qu'il en était de même pour elle.

Six semaines s'étaient écoulées, le temps me semblait long, très long et ce soir-là quand je lançai la visio, ce n'est pas Giuli qui me répondit, mais mon ami. L'état de santé de Giuli s'était dégradé au cours des dernières vingt-quatre heures et la décision de la plonger sous coma artificiel, avait été prise afin de la préserver, de réduire la douleur et permettre à son organisme de se ressourcer. Inconsciente, elle avait été intubée, il était indispensable que de l'oxygène parvienne à ses poumons, le masque qu'elle avait gardé depuis son arrivée ne suffisait plus à pallier à ses besoins. J'étais effondré, cela se voyait sur l'écran et je fondis en larme quand le médecin, malgré toutes les précautions qu'il avait prises, m'annonça que je devais renoncer à venir la voir pour quelques jours. Il m'assura qu'il me téléphonerait tous les soirs pour me donner des informations sur l'évolution du traitement en cours. C'est lui qui me dirait quand je pourrais revenir. Je ne pouvais qu'accepter, me résigner. J'étais impuissant et inutile, mais à bout de force également nerveusement. Giuli luttait maintenant pour sa survie et je ne pouvais l'aider, l'accompagner. Je ne servais à rien, je n'avais plus envie de rien, je n'étais plus rien. Séparé de Giuli, je n'existais plus.

*

Les jours qui suivirent, Jacques tint parole, il me téléphonait tous les soirs, mais il restait sur la réserve, très prudent quant à l'évolution de Giuli toujours enfermée dans le sommeil profond du coma. Je gardais espoir malgré mes peurs et angoisses. Je dormais peu, l'esprit traversé par tous types de pensées, des plus heureuses en me remémorant la vie avec Giuli, aux plus tristes en pensant à elle, allongée sur un lit d'hôpital avec pour seule compagne, la solitude. Je ne pensais plus à manger, je m'alimentais quand j'avais faim avec des sandwiches ou des plats préparés. Manger n'était pas une priorité. Au cabinet, au plus grand désespoir de mon associé, je n'arrivais plus à me concentrer pour étudier les dossiers qui s'accumulaient sur mon bureau. J'étais hors course, j'étais ailleurs, je n'avais plus d'envie ni d'énergie. J'étais dans l'attente et elle me rongeait à chaque heure, à chaque minute passée, en m'enfermant dans une solitude douloureuse.

Ce soir-là, le ton fut différent quand je décrochai mon téléphone. Jacques était hésitant, peinait à trouver ses mots, il bafouillait. Giuli n'allait vraiment pas bien.

— Écoute Romain, nous avons tout essayé, tout tenté, mais cela ne s'améliore pas. Je sais que ça va être dur à entendre, mais je vais être franc avec toi et tu peux me croire, cela me pèse de te dire ce qui va suivre.

Ces derniers jours m'avaient usé, ma lassitude était telle que je n'eus pas la force ou plutôt le courage de lui répondre. Je le laissai poursuivre.

— Romain, il faut que tu viennes demain matin à l'hôpital. Aujourd'hui, nous avons décidé avec mon équipe qu'il ne servait plus à rien de laisser Juliette intubée. Le masque à oxygène est suffisant pour qu'elle respire. De plus, nous la sortons progressivement du coma. Demain matin, elle sera réveillée quand tu arriveras.

Cette nouvelle, pour moi, signifiait l'espoir, une amélioration. Giuli allait sortir de son sommeil profond, j'allais pouvoir lui parler. Mais cette lueur d'espoir fut de courte durée et vacilla quand Jacques entreprit de compléter son propos.

— Romain, j'aimerais tant à ne pas avoir à te dire certaines choses, mais il le faut. Nous pensions que le coma permettrait à Juliette de reprendre des forces et de moins souffrir, mais le virus a poursuivi son œuvre destructrice. Plusieurs organes sont touchés, des organes vitaux. Il faut que tu viennes très tôt demain matin, je t'attendrai et t'accompagnerai à sa chambre. Tu pourras lui dire au revoir, elle pourra t'entendre et te voir, elle sera encore consciente.

Je ne lui répondis pas, j'étais tétanisé, incapable de parler, je raccrochai. Je restai sans réaction, comme si j'avais reçu un coup de massue sur la tête. Je n'avais pas la force de parler, d'interroger mon ami, il avait tout dit et j'avais compris. Dire au revoir. Dire au revoir à Giuli, c'était le monde qui s'écroulait, notre monde, celui que nous nous étions construit au cours de toutes ces années de bonheur.

*

Je suis arrivé très tôt à Genève, par le premier train qui amène les frontaliers chaque jour sur leur lieu de travail. La plupart d'entre eux dorment, poursuivent leur nuit. D'autres sont plongés dans la lecture de leurs dossiers du jour ou pianotent sur leur ordinateur. Une heure trente de voyage avec un changement, il n'est pas encore sept heures quand le train s'immobilise dans la gare. J'ai envoyé un message à Jacques pour l'informer de mon heure d'arrivée, il sera là à m'attendre comme il me l'avait promis la veille.

Il était là, dans le hall d'accueil de l'hôpital, lui non plus n'avait pas dormi cette nuit, il appréhendait ma venue, il appréhendait ma douleur et mes réactions.

Avant de me conduire à la chambre, on me fit enfiler une combinaison intégrale blanche, une tenue ample d'astronaute qui devrait me protéger de tous risques de contamination. C'était le protocole, je m'y soumis avec résignation.

Quand j'entrai dans la chambre, Giuli était réveillée. Elle tourna la tête vers moi et je me précipitai à son chevet, elle ne m'avait pas reconnu engoncé dans ma tenue. Je me penchai vers elle et à travers le film translucide du masque, elle vit mon visage, mes yeux et le sourire que j'essayais d'esquisser. Elle cligna des yeux, une larme roula sur sa joue et vint terminer sa course sur l'oreiller.

J'aurais dû lui parler, mais aucun son ne sortait de ma bouche, j'étais là tout simplement près d'elle et c'était plus important que des mots. Nous étions à nouveau ensemble. Je ne saurais dire aujourd'hui combien de temps nous restâmes ainsi. Moi, assis sur le rebord du lit, lui tenant une main dont je ne pouvais sentir la peau, les gants de mon équipement m'en empêchant. Elle, allongée, la tête tournée vers moi et serrant ma main avec ses dernières forces. L'étreinte se relâcha progressivement, je le sentais. Elle cligna des yeux qui maintenant baignaient dans les larmes et elle les referma, le moment de se quitter arrivait, il était là.

Une douleur intense traversa ma poitrine, je devais lui dire au revoir. Jacques avait quitté la chambre, appelé en urgence pour un diagnostic, nous étions seuls, Giuli et moi, rien que nous deux, sans surveillance.

Il est des moments dans la vie où l'on ne pense plus, on agit intuitivement, naturellement, et la raison n'a plus sa place. Seul compte l'instant présent et il faut le vivre pleinement. Je n'ai pas réfléchi un instant, j'ai retiré mon masque et mes gants, je me suis penché vers son visage et je sentais enfin, la chaleur de sa main dans la mienne. J'ai essuyé délicatement avec un doigt, une dernière larme dans le coin de ses yeux qui venaient de se réouvrir. J'ai caressé ses joues avec le revers de ma main, j'ai retiré son masque à oxygène un court instant pour déposer un baiser sur ses lèvres. Elle me sourit et referma ses yeux.

Je n'avais pas entendu Jacques et deux infirmiers entrer dans la chambre. J'ai senti des mains qui m'empoignaient, une piqure d'aiguille dans le bras, ma vue s'est troublée, je ne voyais plus que des formes et je sombrai dans un sommeil artificiel.

*

Je me suis réveillé dans une chambre, des perfusions couraient le long de mes bras qui étaient maintenus par des liens, m'empêchant de bouger. Jacques était assis près de moi et sourit quand il me vit émerger et revenir dans le monde réel et sa dure réalité. Giuli était partie. J'avais juste eu le temps de l'embrasser avant que l'équipe médicale me confine en isolement.

Jacques avait eu raison de craindre ma réaction, il nous connaissait bien Giuli et moi. Il savait ce que nous représentions l'un pour l'autre. Ensemble nous étions la vie. Séparés, nous n'existions plus et peu importe si j'avais été contaminé, peu importe si moi aussi je devais partir, emporté par le virus. Peu importe effectivement, au moins je la rejoindrais rapidement, je ne sais où, mais notre amour était éternel. Nous étions les amants de Cortone.

Ce qui me restait de Giuli, c'était ce dernier baiser, son dernier sourire, la chaleur de sa main. J'étais resté plusieurs jours hospitalisé, plongé artificiellement dans le silence du néant où l'on ne ressent plus rien, où aucun bruit ne vient vous troubler. Vous êtes coupé du monde, la vie est mise entre parenthèses et j'aurais aimé que ces dernières ne s'ouvrent plus, je ne voyais plus d'intérêt à continuer sans Giuli.

Jacques m'annonça que j'allais pouvoir sortir dès le lendemain. Les examens réalisés étaient positifs. Malgré ma folie, du moins lui considérait que c'était de la folie, je n'avais pas été contaminé. C'était le dernier cadeau de Giuli, elle n'avait pas voulu que je la suive, il n'était pas encore temps. Jacques me proposa de me ramener en voiture à Annecy. J'étais résigné et acceptai.

Le lendemain matin, nous étions à peine sortis de Genève que je me suis endormi et arrivés à Annecy, je sentis une main se poser sur mon épaule pour me réveiller.

— Nous sommes arrivés Giuli ?

J'avais encore les yeux fermés, je sortais de mon sommeil et Jacques, embarrassé me répondit.

— Romain, c'est moi Jacques. Je te raccompagne chez toi. Tu te souviens, tu étais à l'hôpital. Je sais que c'est dur à accepter, mais Juliette nous a quittés. Il faut que tu te ressaisisses. Je suis là pour t'aider, tu le sais, je ne te laisserai pas.

Je reçus sa réponse comme une gifle. La violence de la situation me ramenait à la réalité, cette réalité qui ne présentait plus aucun intérêt.

Jacques reparti, je rejoignis notre chambre où persistait encore le parfum de Giuli, elle était encore là. Je pris un des somnifères que mon ami m'avait laissé, me couchai. Mes paupières s'alourdissant, je fermai les yeux et entrai à nouveau dans un monde sans bruit et sans rêve.

Chapitre 3

Déjà un an. Un an que Giuli est partie. Un an que je vis avec son souvenir qui est resté bien vivant auprès de moi. Un an que je vis chaque journée avec elle. Elle est présente et je me surprends à lui parler. Je n'ai pas de réponse, mais elle est là.

Ces derniers mois, je me suis séparé peu à peu de tout ce qui n'était pas nécessaire dans ma vie à commencer par mon travail. J'ai cédé pour une bouchée de pain mes parts du cabinet à mon associé, je n'arrivais plus à travailler et à me concentrer sur des affaires qui somme toute, étaient toujours délicates. Je n'étais plus capable.

J'ai donné à Emmaüs, tous nos vêtements, cela ferait des heureux en ces temps durs économiquement pour beaucoup dans notre population. J'ai vendu nos vélos et mis en vente l'appartement. Le pécule ainsi réuni devrait me mettre à l'abri des besoins pour quelque temps. J'étais prêt à changer de vie. Je devais quitter Annecy où nous avions été heureux pendant tant d'années, rejoindre la terre de mes ancêtres en Toscane, partir à Cortone.

Le jour du départ est fixé. Je partirai après-demain, car il me reste encore une chose à faire. Aller me recueillir à un endroit où nous avions projeté avec Giuli de nous arrêter et que nous n'avions pas atteint suite à sa défaillance qui devait nous plonger dans un cauchemar. J'irai demain au col de la Forclaz pour faire une pause sur la terrasse du restaurant panoramique. Je dirai au revoir au lac, aux montagnes, à Annecy et je tournerai une page, celle de toutes ces années passées ensemble dans ce cadre magnifique dont je ne pensais jamais me lasser.

J'étais prêt. Je rejoindrais Cortone à vélo avec mon vieux Motobécane hérité de mon père et que j'avais restauré pour participer à l'Éroica. Cela faisait un an également que je n'avais pas pédalé, mais je n'étais pas inquiet. Ce serait dur certainement les deux premiers jours, mais ensuite le coup de pédale reviendrait naturellement. Je n'étais pas pressé, j'avais tout le temps devant moi. Huit cents kilomètres de route m'attendaient avec une traversée des Alpes, ultimes remparts avant de basculer sur l'Italie. Je m'étais habitué à de petites sorties d'une centaine de kilomètres avec Giuli, mais je n'avais jamais réalisé un tel périple, plusieurs jours de suite sur la selle avec le minimum de bagage. Je n'avais pas besoin de grand-chose. Je partais avec ce qui était le plus important pour moi et qui ne peut s'acheter, les souvenirs. Ces souvenirs de jours heureux qui restent ancrés à tout jamais dans votre mémoire et qui vous appartiennent. Une richesse qui n'a pas de prix, car elle est unique et fait de vous ce que vous êtes devenus. Tout le reste n'est que du superflu et ne peut que vous encombrer.

Je ne savais combien de jours durerait mon périple, d'ailleurs arriverais-je à destination ? Cela m'importait peu en fait, il fallait que je parte et cette première étape devait me conduire à Modane dans le département de la Savoie.

Cette première journée fut longue et j'avais choisi un itinéraire qui devait comporter le moins de dénivelé possible. Cela faisait vraiment longtemps que je n'étais pas remonté sur mon vélo, l'entraînement se ferait au fil des jours et des kilomètres. J'emprunterais des routes moins belles, mais avant tout en vallée et sans grandes difficultés. Je suivrais alors le tracé longeant l'Arc, une rivière impétueuse qui me ferait ensuite entrer dans la vallée de la Maurienne pour enfin atteindre Modane. Je quittai Annecy par la piste cyclable du lac en direction d'Albertville où je m'arrêtai pour une première pause, avaler un sandwich acheté dans une boulangerie et remplir mes deux bidons. Reparti, je suivis ensuite pendant plusieurs heures le cours de l'Arc avant de m'arrêter une nouvelle fois. Saint-Jean-de-Maurienne, je n'étais plus qu'à quelques dizaines de kilomètres de Modane. J'avais pris la route ce matin à l'aube et j'avais roulé pendant neuf heures, je n'allais pas vite, je tournais tout simplement les jambes et je progressais. Je n'avais rien à prouver, ni aucun record à battre. Avancer, toujours avancer. Peu importaient le rythme et la vitesse.

Je m'arrêtai, peu avant Modane, pour installer mon bivouac sur le bas-côté de la route dans un endroit qui me sembla calme. Je calai mon appétit avec une baguette et un bout de fromage achetés en cours de route, c'était suffisant. Je n'avais plus qu'une envie, fermer les yeux et dormir. Demain, je m'attaquerais à mon premier col qui me ferait passer en Italie et probablement, à n'en pas douter, à pied dans les derniers kilomètres.

Le lendemain matin, après une nuit fraîche, le café fut le bienvenu sur la terrasse d'un bar situé en face de la gare. J'en profitai également pour acheter le minimum nécessaire pour m'alimenter. Toujours du pain, du fromage et des bananes dont la vertu principale est de soulager les crampes inévitables au regard de ma forme physique. J'avais des mollets en bois, une barre au niveau des lombaires, mais tout cela disparaîtrait au fil des quatre-vingt-dix kilomètres qui m'attendaient avant d'arriver à Suse où j'aurai parcouru le quart de mon trajet jusqu'à Cortone. J'avais certes roulé près de douze heures, entre Annecy et Modane, mais cela m'avait permis d'engranger dans les cuisses environ cent soixante kilomètres.

Cette étape entre Modane et Suse, fut certainement une des plus belles par son tracé où je franchis le col du Mont-Cenis qui m'offrit des vues spectaculaires sur les montagnes environnantes et une pause sur le bord de son lac. Elle était bien méritée cette pause. En effet, depuis Modane, j'avais grimpé sur plus de trente kilomètres avec un dénivelé d'environ douze cents mètres à partir de Lanslebourg. Mais avant d'entreprendre les dix kilomètres qui devaient me conduire au col, je m'étais heurté à une difficulté, la grimpée du « bario » de Termignon. À la sortie du village, je fus confronté à cette pente raide à plus de 15 % qu'il me fallut terminer à pied sur les cinq cents derniers mètres. Une légère pente descendante où j'avais très peu à pédaler m'amena ensuite à Lanslebourg et je pus enfin m'engager dans le col. Le raidillon de Termignon avait eu un effet bénéfique sur mes jambes, une sorte de rodage. Tout me sembla plus facile pour le reste de la journée. Si j'ai aimé passer ce col, j'ai encore plus apprécié la suite du parcours et plus particulièrement, la succession de lacets de la descente vers Bardonecchia. J'étais en Italie. Je traversai des villages pittoresques de la vallée de la Doria Riparia avant de longer celle du Pô où j'arrivai à l'ancienne ville fortifiée de Suse.

J'avais roulé plus vite que le jour précédent. Il est vrai également que mon trajet avait été plus court. J'étais à destination en milieu d'après-midi. Il était tôt, mais déjà trop tard pour continuer en direction de Gênes et m'engager le long de la côte Ligure, ses villages côtiers qui offrent des vues sur la Méditerranée. Ce soir, j'abandonnai l'idée d'un nouveau bivouac et pris une chambre dans un petit hôtel avec pension complète. Je sentais bien qu'avec les efforts de ces deux dernières journées, un repos était nécessaire et surtout, une alimentation plus équilibrée d'autant plus qu'une nouvelle étape de cent soixante-dix kilomètres m'attendait.

Je fus très bien accueilli dans cet hôtel et pour cause, le patron, Enrico était lui aussi cycliste. Plus âgé que moi, il avait décidé de ne plus vieillir et le vélo était sa source de jouvence. Il voulut m'aider à tout prix et m'accompagna à ma chambre en portant ma monture chargée de ses vingt kilos de bagage.

Le soir, il me rejoignit à ma table et après m'avoir demandé le détail de ma route ce que je fis brièvement, en le laissant insatisfait, il entreprit de me raconter ses aventures cyclistes. Il ne put s'empêcher d'y rajouter ses nombreuses conquêtes féminines au grès des rencontres sur la route. De plus en plus de femmes faisaient du vélo et les randonnées ou les courses cyclosportives qui s'avéraient plus fréquentables que les sites de rencontre. Par expérience, il en était convaincu et le vélo maintenait en forme me dit-il, en m'adressant un clin d'œil. Ses récits m'amusaient, mais je commençais à fatiguer, il était temps que j'aille profiter du lit confortable qui m'attendait. Il m'accompagna jusqu'à la porte de ma chambre et je fus enfin soulagé quand je la refermai. J'avais besoin de me retrouver, d'être seul, de m'allonger de parler à Giuli, de lui raconter ma journée, les paysages et des routes qu'elle aurait certainement aimé partager avec moi.

« Oui Giuli, comment je pourrais t'oublier. Tu es toujours là, près de moi. Je ne te vois pas, c'est vrai, mais ta présence ne me quitte jamais, tu es en moi, nous ne faisons qu'un depuis le début».

*

Non ! Je n'oubliais pas Giuli. Même si en fermant les yeux et m'adressant un dernier sourire, elle avait quitté le monde des vivants sur son lit d'hôpital à Genève, elle était restée présente dans mon esprit. Elle était en moi constamment. Je continuais à lui parler quand je me retrouvais seul et c'est probablement pour cette raison que je n'avais pas sombré alors que je ne trouvais plus d'intérêt à la vie.

Partir comme je l'avais fait, était certainement le meilleur moyen pour ne plus penser, pour la laisser tranquille pendant quelques heures. Pédaler sur des routes, en traversant des sites aussi magnifiques qu'exceptionnels, permettait de ne plus penser et de s'échapper du quotidien, de faire une parenthèse salutaire où l'esprit reste au repos. Quand, toute la journée sur mon vélo, j'appuie sur les pédales, je reste concentré sur ma route et j'écoute mon corps qui passe de périodes d'euphorie sous l'effet des endorphines à d'autres, beaucoup plus difficiles où des douleurs se réveillent ou se révèlent.

Sur un vélo, pendant un voyage au long cours, mais même sur une sortie que l'on pourrait qualifier de banale, c'est avant tout cette concentration qui permet d'oublier tout le reste. On se retrouve seul au monde, seul avec soi-même accompagné par les paysages, les senteurs et le vent qui parfois se veulent favorables, vous aidant à franchir une difficulté en roulant plus vite avec moins d'effort. On profite pleinement de l'instant présent et on se dépasse. Beaucoup ne comprennent pas cet engouement pour la bicyclette, pourtant ils devraient essayer d'en enfourcher une un jour et prendre la route. Ils s'apercevraient qu'ils trouveraient des réponses à certaines de leurs questions et abandonneraient leurs soucis au fil des kilomètres. Ils seraient tout simplement heureux et ressentiraient dans leur corps, la vie qui donne cette énergie trop souvent mésestimée.

*

Le lit confortable de l'hôtel m'avait offert un repos que je n'aurais jamais pu avoir dans le cadre d'un bivouac. Je n'avais pas entendu la sonnerie de mon téléphone qui était sensé me réveiller ce matin-là. Nous étions alors en milieu de matinée.

J'essayai de me redresser, mais ce fut avec difficulté. Tout mon corps était endolori et résistait à ma volonté de me lever. Je n'arriverais pas à prendre la route, les deux étapes précédentes sans entraînement avaient eu raison de ma détermination. Une journée de repos à l'hôtel s'imposait avec pour commencer, un bain chaud dans la baignoire.

À l'accueil, Enrico ne s'était pas inquiété de ne pas me voir au petit-déjeuner. Il avait bien perçu lors de notre conversation de la veille que j'avais probablement présumé de mes forces et ne voulais me l'avouer. Il aurait aimé me proposer de rester une journée de plus, mais n'avait pas voulu me contrarier.

Quoiqu'il en soit, il avait vu juste dès le début et avait, le soir même, bloqué ma réservation pour une nuit de plus. Cette journée ne serait pas perdue.

J'en profitai pour laver mon cuissard, mon maillot et mon survêtement bleu azur que m'avait offerts Giuli. Tout mon équipement serait rapidement sec avec la douceur actuelle. Dans l'attente de le récupérer, je passai la journée en short et tee-shit avec une paire de Tong aux pieds. Je n'avais pris que le minimum, mais en fait ce minimum, c'était également ce que j'avais conservé avec des affaires de toilette et un change. Je tournais la page d'Annecy, j'y avais tout laissé, une nouvelle page devait s'écrire, elle s'écrirait à Cortone.

Peu de choses effectivement dans mon sac qui pourtant atteignait les vingt kilos sur la balance. En plus des vêtements que je portais ce jour-là, il y avait un change, une brosse à dents, une serviette, une mini tente de bivouac, un duvet, une cape imperméable au cas où, un nécessaire à réparation en cas de crevaison, une série de clefs multipan et une boite métallique hermétiquement fermée.

L'ensemble était arrimé avec des Sandows pour le voyage sur un porte-paquet amovible qui était fixé à la tige de selle et de fait, se mettre en danseuse dans les côtes était impossible. Le poids du chargement influait sur le centre de gravité, pouvant conduire à un déséquilibre fâcheux de par ses conséquences, aussi bien pour le cycliste que la mécanique.

*

Prêt pour le départ. Il est six heures, le soleil se lève et je l'accompagnerai, tout au long de la journée, sur les cent soixante-dix kilomètres vallonnés qui m'attendent pour rejoindre Gênes. La journée de repos a été salutaire, je ne ressens plus aucune douleur ou courbature. Il était indispensable de faire cette pause.

Arrivé dans le hall d'accueil de l'hôtel, une surprise m'attend au petit-déjeuner. Enrico est là, en tenue de cycliste. Il fait beau et il a eu une envie. S'offrir une petite escapade et pourquoi pas, m'accompagner sur une cinquantaine de kilomètres avant de faire demi-tour. J'avais donc un compagnon de route qui de plus, très bavard, me vanterait toutes les spécialités culinaires et viticoles des territoires traversés.

Ce jour-là, le vent nous était favorable et il nous apporta son aide. Nous progressions très vite sur tous types de terrain, les collines à franchir ne constituaient plus une difficulté, le plat et les descentes nous permettaient d'atteindre des vitesses dignes de coureurs professionnels. En moins de trois heures, nous avions parcouru plus de la moitié de l'étape prévue et je m'inquiétai pour le retour d'Enrico à Suse. Nous avions largement dépassé les cinquante kilomètres prévus avant son retour. Mais comme toujours et j'allais devoir m'y habituer, Enrico avait plus d'un tour dans son sac. Nous nous arrêtâmes à la terrasse d'un petit troquet dans un village avant Sestri Levante où la route emprunte la côte Ligure et ses paysages magnifiques, en direction de Rapallo.

Enrico n'avait pas l'intention de faire demi-tour. Il avait décidé de se prendre deux jours de vacances et de m'accompagner jusqu'à Gênes. Il voulait aussi s'arrêter au retour aux Cinque Terre, cet ensemble de cinq villages côtiers accrochés aux falaises de la côte Ligure avec une vue spectaculaire sur la Méditerranée. Cela faisait longtemps qu'il n'y avait pas fait une halte. Il avait tout prévu et téléphoné à un de ses amis hôteliers à Gênes qui nous attendrait à l'issue de notre étape. Je ne pouvais m'opposer à sa décision, d'ailleurs je n'avais pas le choix. Deux heures plus tard, avec un rythme soutenu, nous étions arrivés à bon port et effectivement, nous étions attendus par Luca, l'ami d'Enrico. Pour moi, ce serait une troisième nuit sans bivouac avec de plus, une bonne table à n'en pas douter. Je me sentais de plus en plus à l'aise sur mon vélo. Plus de douleurs, les jambes tournaient toutes seules. Je pourrais dès le lendemain attaquer un monument, ma plus longue étape qui me prendrait très certainement la journée, deux cent soixante kilomètres jusqu'à Florence. J'envoyai un message à Joséphine et Paolo pour les prévenir de mon arrivée dans la soirée. Ils me répondirent immédiatement et me donnèrent rendez-vous à la piazza della Signoria, au pied de la statue de David.

Le repas terminé, je ne souhaitai pas m'attarder plus longtemps à table au grand dam d'Enrico et Luca qui auraient bien voulu prolonger la soirée en vidant quelques verres de grappa, cet alcool fort qui vous arrache la gorge. Il était temps pour moi de me coucher et de raconter, avant de m'endormir, ma journée à Giuli. Je saluai mes nouveaux amis. Enrico me prit dans ses bras, nous nous reverrions et il ne pouvait en être autrement.

*

Parti à cinq heures du matin, à la lueur d'une lampe frontale je traversai la Riviera italienne avant d'arriver dans le milieu de la matinée en Toscane. Il me restait encore un peu plus de la moitié du parcours à travers les collines, les vignobles et les villages médiévaux pittoresques qui émaillent la région. Le vent était devenu mon allié et me poussait vers Florence que j'atteignis enfin à l'issue de quatorze heures de route. Je n'avais jamais parcouru une telle distance sur une journée. Moi qui me pensais vieux, en fait cette aventure me rendait ma jeunesse et ses forces. J'aurais tant de choses à raconter à Giuli ce soir avant de m'endormir.

Piazza della Signoria, je me fraye un passage au milieu de la foule de touristes pour enfin accéder à la statue de David au pied duquel je m'assois et étends mes jambes.

Moins d'une dizaine de minutes plus tard, j'aperçois Joséphine et Paolo qui me font de grands signes à l'autre bout de la place. Je suis heureux de les retrouver. Cela me fait du bien, Giuli considérait que c'était notre famille et il est vrai, au fil de nos séjours à Cortone et nos participations à l'Éroica, nous avions appris à nous connaître et à nous apprécier.

Paolo a réservé une table à notre restaurant favori, mais avant tout, son instinct de paparazzo resurgissant, il fallait la photo indispensable. Donc photo du cycliste tenant son vélo devant la statue de Michel-Ange. Une autre sans le vélo avec Joséphine dans les bras qui m'embrasse sur la joue et une petite dernière, un selfie en contre-plongée où nos mentons et nos nez sont disproportionnés par rapport au reste de nos visages. Le reportage terminé, nous rejoignons le restaurant auquel je ferai honneur, j'étais affamé. La soirée, déjà bien entamée, passa très vite. Ils n'osaient le dire, mais Giuli manquait et ils savaient très bien ce que je pouvais ressentir.

Les traditionnels cantucci plongés dans le vin santo en fin de repas, il faisait nuit, une de ces nuits Toscanes où les étoiles scintillent dans un ciel d'un bleu profond épargné par les nuages. Nous sommes rentrés à leur domicile, mon lit était préparé dans le canapé du salon, le vélo se reposerait dans le couloir avec tout mon barda, j'allais pouvoir dormir et retrouver Giuli, lui dire combien sa présence avait manqué à nos cousins.

*

J'ai dormi une douzaine d'heures et ils ont pris toutes les précautions pour ne pas faire de bruit et perturber mon sommeil. Quand je me réveille, le repas est prêt, de même qu'un ravitaillement à emporter pour ma dernière étape beaucoup plus courte que celle du jour précédent.

Rassasié et reposé, je devais partir. Embrassades, accolades fraternelles et promesses de se revoir prochainement, très prochainement. Joséphine et Paolo viendraient sous peu me voir à Cortone puisque maintenant, j'allais m'y installer à demeure pour y vivre. Paolo insista pour m'accompagner avec son scooter jusqu'à la sortie de la ville pour éviter que je me perde. J'acceptai avec plaisir, mais également soulagement. J'avais eu du mal la veille à retrouver la piazza della Signoria et sans l'aide d'un policier, je crois que je la chercherais encore. À vrai dire, je n'ai pas un bon sens de l'orientation qui était plutôt le domaine de Giuli. Cette fois-ci, elle ne m'avait pas conseillé.

Sept heures plus tard et après cent vingt kilomètres, j'arrivai à Cortone. Tout le long du parcours, j'ai traversé des régions magnifiques. Le Val d'Orcia en sortant de Florence, avec ses paysages vallonnés, ses champs de blé, ses cyprès et ses villages médiévaux. J'ai pris le chemin des écoliers pour m'arrêter à Gaiole in Chianti où nous avions de nombreux souvenirs avec Giuli, pour ensuite redescendre sur Montepulciano et tenter la montée vers la ville, perchée sur une colline, offrant des vues panoramiques sur la campagne toscane. Je n'ai pu faire autrement, mais de façon raisonnable, que de déguster le célèbre vin *Vino Nobile di Montepulciano*. La pause suivante, je l'ai faite au lac de Trasimène qui est le quatrième plus grand lac d'Italie, mais également le théâtre de la défaite sanglante par Hannibal d'une armée romaine. J'ai profité de ses paysages paisibles et des villages de pêcheurs sur son pourtour. J'ai pris mon temps, il ne me restait plus qu'une dizaine de kilomètres.

À Cortone, je remontai les rues que je trouvai très calmes. Il est vrai que nous étions dans une période particulière, il faisait très chaud et les touristes préféraient rejoindre la fraîcheur du bord du lac voisin. Arrivé piazza delle Repubblica, je m'arrêtai devant le Palazzo Comunale où, compte tenu de l'heure, Franco devait encore se débattre avec les dossiers de la commune. La lumière était allumée dans son bureau, je n'allais pas le déranger et je m'engageai sur la via Roma. La maison était là. Je sortis les clefs, ouvris la porte et entrai. Le parfum de Giuli était présent dans toutes les pièces et encore plus fort que dans notre appartement à Annecy. J'étais enfin arrivé. J'avais pris mon temps, même celui de flâner sur les routes aujourd'hui et plus particulièrement, celles que nous avions parcourues lors de nos nombreuses ballades.

« *Demain sera un autre jour Giuli. C'est ici, chez nous que je vais laisser passer le temps et attendre. Attendre de te rejoindre.*
Je sais que tu tiendras ta promesse. Tu m'as dit que notre amour serait éternel, *car nous sommes, les amants de Cortone* ».

Chapitre 4

Cela fait plusieurs mois que son vélo est posé, là, contre le mur de l'entrée de la maison. Le sac est toujours fixé sur le porte-paquet. Il ne l'a pas ouvert. Tout est resté comme au premier jour où il est arrivé à Cortone après avoir traversé les Alpes et la Toscane, avoir fait des rencontres, notamment Enrico à Suse qui l'a accompagné sur une partie de son périple.

Son arrivée à Florence après une longue étape est également restée gravée dans sa mémoire, l'attente au pied de la statue de David, la soirée avec ses cousins. Autant de moments qui lui ont redonné un semblant de vie, l'espoir certainement que tout n'est pas encore fini.

Cependant, depuis qu'il est arrivé, il est resté enfermé, il ne voit personne et ne répond pas, au grand désespoir de ses amis, Franco et Beppe, aux diverses invitations qui lui sont faites. Le temps passe et les gens se lassent et finissent par ne plus insister. Seul ! Il est seul et veut le rester avec ses souvenirs et cette maison en est remplie, Giuli y vit dans toutes les pièces, son parfum est toujours présent.

Il ne sort pas dans la journée, il ne voit personne et ne veut voir personne. Il veut rester dans l'illusion de continuer à vivre une autre vie, celle passée qu'il essaye de prolonger. Malgré ses efforts, il n'arrive pas à combler ce vide qui se fait ressentir chaque jour un peu plus, au fur et à mesure que les odeurs du passé, celles de Giuli, s'évanouissent.

Vivre en ermite dans une ville est un paradoxe, mais il a réussi à organiser son quotidien pour vivre cette solitude sans interférences. Pour manger, ce n'est pas compliqué, il commande chaque semaine de quoi se ravitailler par internet. Chaque semaine, depuis des mois, un livreur dépose en fin de soirée, un carton avec divers aliments sur le pas de la porte de la maison. Le plus important pour Romain, c'est de ne croiser personne, de ne parler à personne. La seule personne à qui il parle est une ombre du passé qui ne lui répond pas, Giuli.

Le soir, quand la ville est endormie, Romain sort de son enfermement et erre dans les rues, certaines fois, il s'aventure en dehors de Cortone, il marche en parlant à celle qu'il imagine à ses côtés. Son attitude intrigue. Quelques rares personnes, en rentrant tardivement à leur domicile, l'ont vu dans les rues la nuit, errant tels un fantôme, une âme en peine. Il alimente les rumeurs, celles de ce français complètement fou qui parle tout seul et que l'on ne croise jamais dans la journée. Oubliés les amants de Cortone, aujourd'hui ils l'ont surnommé le fantôme de Cortone.

Romain résiste à la réalité et malgré le départ de Giuli, il essaye d'ignorer son absence physique.

Dans le tiroir de la table de nuit de Giuli, il a trouvé un petit cahier dans lequel elle notait régulièrement, le déroulement de certaines journées à Cortone. Des anecdotes, des rencontres, un ensemble de faits et situations qui avaient retenu son attention. Romain découvrit alors des détails qu'il n'avait pas perçus, mais surtout, bien qu'il n'en avait jamais douté, combien Giuli l'aimait.

C'est certainement cette découverte qui lui donna l'idée d'écrire, l'envie de laisser une trace de leur amour et il entreprit la rédaction de leur histoire. Le titre était tout trouvé, ce serait les « Amants de Cortone ».

Il écrivait chaque jour et avait mis en place sa routine. Après avoir bu son café le matin, il s'asseyait face à son ordinateur et rédigeait en essayant d'être le plus précis sur ces souvenirs qui resurgissaient, plus vivants que jamais, de sa mémoire.

Tout d'abord, la rencontre, cet instant magique où sortant d'une boutique du Vieux Campeur, rue des Écoles à Paris, son regard avait croisé celui de Giuli. Un regard qui avait scellé leur amour, leur histoire, une passion sans fin. Il l'avait aimée dès cet instant, il l'aimait encore, il l'aimerait toujours. Ils étaient jeunes, elle beaucoup plus que lui, mais ce n'était pas le plus important, l'âge quand on devient adulte ne pose plus aucune limite. Ce qui importe, ce sont les sentiments, le ressenti.

Ce ressenti était négatif pour les parents de Giuli et malgré les efforts qu'il avait faits pour se présenter à eux, ils l'avaient traité comme un moins que rien et ce soir-là, Giuli avait coupé sans hésiter les liens qui l'unissaient à sa famille. Elle avait quitté le domicile de ses parents pour le suivre, sans se poser de question sur leur avenir. La seule chose dont elle était sure, c'est qu'elle avait envie de vivre avec cet homme qui ne rêvait que de montagnes et de sommets. À partir de ce jour, il ne rêverait plus que d'elle et elle ne s'était pas trompée, de plus, ses parents reviendraient un jour auprès d'elle, ils pardonneraient et elle leur pardonnerait.

L'accident à vélo lors d'une livraison avait été un événement marquant dans leur vie. Il avait frôlé la mort, mais après de long mois d'hospitalisation et de rééducation, il avait rebondi. Avec le soutien de Giuli, il avait trouvé une nouvelle voie. Ensemble, ils avaient bâti ce nouveau projet de vie, tourné une page, celle de l'alpinisme pour Romain pour se projeter vers un avenir plus conventionnel, mais toujours avec la même passion.

Le vélo avait pris une place importante dans leur vie, c'était devenu leur loisir principal et le cadre que leur offrait la Haute-Savoie et Annecy, leur permettait de s'évader des contraintes de leur quotidien. C'est Giuli qui l'avait poussé à participer à l'Éroica, les Strade Bianche en Toscane. Ils n'avaient pas mesuré, tous deux, la portée de ce nouveau chapitre qui allait s'ouvrir et conditionnerait le reste de leur vie. Ils étaient tombés amoureux de ces paysages, les collines, les vignes, les oliviers et ces routes bordées de cyprès. Ils avaient rencontré leurs cousins avec qui des liens très forts s'étaient noués et il y avait Cortone.

Romain n'était jamais venu à Cortone auparavant. Il savait qu'il y avait un héritage, la maison de son père, mais à aucun moment il n'avait envisagé de s'y rendre. Probablement, sans cette course en Toscane et l'insistance de Giuli, il n'y serait jamais allé et un jour aurait demandé à son notaire de la mettre en vente. Aujourd'hui, cette maison c'était chez eux et il ne faisait aucun doute qu'il y resterait jusqu'à la fin de sa vie.

Sa vie, il avait cru qu'elle s'était terminée à l'hôpital de Genève quand dans un dernier baiser, Giuli avait fermé les yeux pour s'envoler dans une autre dimension, celle qu'offre l'éternité où il souhaitait la rejoindre.

Il arrivait au terme de son ouvrage, après plusieurs jours d'écriture. À vrai dire il ne savait pas combien de temps, il avait consacré à cette rédaction. Il ne comptait pas, ce qui importait le plus c'était de faire revivre ce passé, de redonner vie à Giuli, de revivre. Le livre se terminait par le récit de son voyage entre Annecy et Cortone, mais au préalable, sur les cendres de Giuli qu'il avait déposées au pied d'un épicéa sous la terrasse du restaurant panoramique du col de la Forclaz. Giuli aurait alors tous les jours, la vue sur le lac et les montagnes environnantes. Une vue qu'elle adorait et dont elle ne se lassait jamais. Une partie de Giuli était en Haute-Savoie dans un des lieux qu'elle préférait, une autre partie se trouvait dans la boite métallique, restée enfouie dans le sac encore sanglé, sur le vélo dans le couloir depuis son arrivée à Cortone.

Son livre était terminé. Il avait donné vie aux « Amants de Cortone » et dans le même temps, il revenait à la vie. L'écriture lui avait permis de faire son deuil. Il avait eu besoin d'écrire, de se souvenir, de rechercher des détails et peut-être même, en avait-il inventé. Mais peu importe, la vie allait reprendre son cours, plus vite qu'il ne le pensait et c'est une visite inattendue qui le fera sortir de cet enfermement volontaire.

*

Ce soir là, après avoir avalé un sandwich, il s'était assoupi dans le canapé de la salle et probablement, les deux verres de Chianti qui avaient accompagné son repas avaient aidé à la somnolence. Il en fut tiré par plusieurs coups frappés à sa porte. Il alla ouvrir malgré sa réticence. Derrière la porte, se trouvait Enrico, en tenue de cycliste, vélo à la main.

— Enrico ? Mais qu'est-ce que tu fais là ?

— C'est comme ça que tu accueilles tes amis ? Tu m'étonnes que plus personne n'essaye de venir te voir. Je suis venu pour toi.

Enrico avait les traits tirés. Il était fatigué. Il venait de faire un long voyage à vélo pour rejoindre son ami. Le périple qu'ils avaient accompli, il y a plusieurs mois, avait créé des liens. Et il était là. Il s'était inquiété de ne pas recevoir de nouvelles et s'était adressé au maire de Cortone pour en avoir. Franco lui avait alors raconté l'isolement dans lequel Romain s'était enfermé. Il lui avait également dit son inquiétude. Enrico n'avait alors pas hésité. Il avait pris son vélo et traversé la Ligurie et la Toscane, pour enfin se présenter à la porte de son ami. Il était là pour l'aider et l'accompagner.

— Alors ? Tu me laisses entrer ? Je commence à avoir un peu froid et j'ai des jambes en bois. La dernière grimpette m'a tué.

— Bien sûr, entre. Je ne t'attendais pas, je suis surpris.

— J'ai traversé l'Italie pour toi. Je suis venu t'aider.

Enrico posa son vélo à côté de celui de Romain et alla directement s'affaler dans le canapé, en soulevant ses jambes et les posant sur une chaise afin de les faire se reposer.

— Écoute Enrico, je suis surpris, mais heureux de te voir. Mais je ne comprends pas. Tu veux m'aider à quoi ?

— Romano, je veux t'aider à terminer ce que tu as commencé. Je veux t'aider à tourner la page. Je veux comme tous ceux qui t'aiment, t'aider à revenir à la vie.

Romain l'écoutait attentivement, surpris par autant de sollicitude. C'est vrai qu'il était seul qu'il s'était enfermé et ne se souciait pas des autres personnes qui pouvaient penser à lui.

Lors de son voyage à vélo avec Enrico, il avait eu le temps de lui raconter sa vie avec Giuli, son bonheur, mais aussi sa souffrance depuis qu'elle était partie. Il lui avait dit également qu'il avait déposé une partie de ses cendres en haut d'un col qu'elle aimait afin qu'elle puisse contempler sans fin les paysages qu'elle adorait. Dans sa boite métallique, encore enfouie dans le sac sanglé sur le vélo, une autre partie attendait pour se répandre sur les routes blanches de Toscane. C'était son souhait.

— Romano, je suis venu pour t'accompagner avec Giuli sur les Strade Bianche jusqu'à Sienne. Tu m'avais dit qu'elle voulait qu'une partie de ses cendres repose au pied des cyprès qui bordent les chemins.

— Oui, c'est vrai. Mais depuis que je suis arrivé, je n'ai pas trouvé le courage pour le faire. Tu comprends, elle est toujours là, même si elle est enfermée dans cette boite.

— Bien sûr que je comprends, sinon je ne serais pas là. Demain, je me repose et après, nous irons ensemble accompagner Giuli. Tu vas bien me garder quelques jours, non ?

— Oui mon ami ! Je ne vais pas te renvoyer et tu as raison. Il faut que termine ce qui est commencé. Après-demain, nous partirons ensemble sur le parcours de l'Éroica. Giuli sera heureuse de pouvoir enfin se reposer.

Romain était ému. Il avait repoussé ce moment où il aurait dû laisser Giuli, mais il devait le faire. Il avait promis et ne pouvait se désengager. Maintenant que Enrico était là, il n'avait plus le choix, il ne pouvait le renvoyer comme un malpropre, c'était un ami qui lui proposait son aide.

*

La venue de Enrico l'avait sorti de son isolement et profitant de la journée de repos de son ami qui en avait bien besoin pour reposer ses vieilles jambes, il décida pour la première fois depuis son arrivée d'aller flâner en plein jour dans la ville. Cela faisait longtemps qu'il n'avait pas vu le soleil. Il était blanc comme un linge, amaigri, avec une barbe de plusieurs mois qu'il couperait le soir même afin de reprendre visage humain.

Alors qu'ils s'étaient posés sur une terrasse pour boire un café arriva Franco, le maire avec un grand sourire, heureux enfin de revoir Romain. Depuis tout ce temps, c'était la première fois qu'il le revoyait. Il avait bien essayé de frapper à sa porte à plusieurs reprises, mais n'avait obtenu aucune réponse de la part de son ami devenu désormais, le fantôme de Cortone. Il entendait bien les rumeurs, le récit de ceux qui l'avaient aperçu errant dans la ville en pleine nuit. L'épicier l'avait également informé qu'il lui faisait une livraison par semaine, sur le pas de la porte, il ne l'avait jamais rencontré, mais dès l'instant qu'il payait ses courses en ligne, pour lui il n'y avait pas de problème. Ne pas se mêler de la vie des gens était pour lui un principe.

Franco s'attabla avec eux et commanda un café.

— *Allora Romano, e da tempo.* Alors Romano, tu es enfin sorti. Je suis heureux de te voir même si tu ne ressembles plus à grand-chose, mais ce n'est pas grave, le plus important c'est que tu sois là avec ton ami Enrico. Tu sais, il était inquiet ton ami. Il m'a téléphoné pour avoir de tes nouvelles, savoir si tu étais toujours vivant. C'est là qu'il m'a dit qu'il viendrait à Cortone.

— *Caro Franco*, eh bien oui ! Je suis toujours vivant. Tu en doutais ?

— Je pouvais en douter. Tu n'ouvrais pas ta porte quand je venais. Heureusement et cela me rassurait, l'épicier m'informait régulièrement de tes commandes. Donc en quelque sorte, oui cela me rassurait. Et puis, il y a les gens qui te voyaient errer la nuit dans les rues. Ils avaient vu le fantôme de Cortone.

— Je sais, mais je n'avais pas envie de parler, d'expliquer et de raconter.

— Crois-moi, après tout ce temps, tu as encore de la chance de savoir et pouvoir parler.

Et il éclata de rire, suivi par Enrico. Des rires sincères, mais également bruyants. Romain n'avait plus l'habitude du bruit et mit ses mains sur ses oreilles pour en atténuer le volume.

Franco reprit la parole, il voulait en savoir plus et Romain serait bien obligé de lui répondre. Il n'avait aucune échappatoire.

— *Bene ragazzo*, bien mon garçon ! C'est quoi la suite. Que veux-tu faire ? Tu restes ici ? Tu t'installes chez toi avec nous ? *Dai*, allez dis-moi.

— J'ai tout largué à Annecy, mon travail, mon appartement, nos affaires. Je suis arrivé ici avec mon vélo et un sac. Je n'avais besoin de rien de plus, il me restait des affaires ici. Il n'était pas nécessaire d'en ramener davantage.

— *Bene, bene.* Bien, bien. Voilà une sage décision. Je suis heureux que tu l'as prise. Chez toi, c'est ici Romano et tu es notre ami. Tout le monde avait adopté les amants de Cortone quand vous veniez avec Giulietta. Je suis certain qu'ils vont t'adopter de nouveau et qu'ils cesseront de t'appeler le fantôme. Qu'est-ce que vous allez faire avec ton ami ? Venez manger à la maison ce soir. Lasagne et Chianti. Que demander de plus ?

— *Grazie* Franco, merci, mais ce sera pour une autre fois. Demain, nous avons une chose importante au programme et nous partirons tôt à vélo sur les Strade Bianche. J'avais promis à Giuli de répandre ses cendres entre Montalcino et Sienne, sur le parcours de l'Éroica que nous avions courue lors de plusieurs éditions. Elle aimait cette course, son ambiance, ses paysages. Elle voulait s'y reposer. Je dois tenir ma promesse même si c'est dur.

— *Ma Romano, non e possibile.* Ce n'est pas possible Romano. C'est interdit.

— Je sais, tout comme c'est interdit en France pourtant aujourd'hui, une partie de Giuli repose au pied d'un arbre en montagne. Donc, même si c'est interdit, c'est tout de même possible.

Franco se prit la tête entre les mains, poussa un long soupir, se gratta le cuir chevelu. Pendant ce temps, Enrico l'observait. Lui aussi savait que c'était interdit, mais c'était une dernière volonté et une dernière volonté cela se respecte et se place au-dessus des lois des hommes.

— Ascolta bene Romano. Écoute bien et mets-toi à ma place. Je suis le maire. Je ne peux pas t'autoriser.

— Je ne te demande pas de m'autoriser Franco parce que je vais le faire, je le dois à Giuli. Et puis ? Qu'est-ce que tu en as faire c'est même pas dans ta commune.

Franco se gratta à nouveau la tête. Il était embêté. Il y avait la loi et la dernière volonté de Giulietta. Et puis, après tout, ça ne se passerait pas sur le territoire de la commune. Les autres qui seraient concernés n'ont qu'à se débrouiller et il fit une proposition à Romain.

— Vengo anch 'io. Je viens aussi. Je vais vous accompagner. Giulietta était mon amie. Je dois être avec vous et avec elle.

— Tu es sérieux Franco ? Tu ne fais pas de vélo et je pense que tu aurais du mal déjà à arriver jusqu'à Sienne. Et après, il faut revenir. Sérieusement, tu n'y penses pas ?

— Si, si ! Je suis sérieux. C'est vrai que je ne fais pas de vélo, mais je vais emprunter la Vespa de Beppe, il me la prêtera j'en suis certain. Il ne peut pas me le refuser.

Enrico et Romain sourirent devant la détermination de Franco. Ils partiraient donc le lendemain matin à trois et ce serait Franco sur la Vespa qui transporterait la précieuse boite métallique, offrant ainsi à Juliette une dernière virée avant de se reposer.

*

Le lendemain matin, ils partirent à l'aube. Franco devant avec la Vespa, Enrico et Romain derrière essayant de profiter de l'aspiration de l'engin. De plus, Franco qui était bien en chair offrait un abri de qualité à nos deux cyclistes.

Arrivés en début de matinée à Sienne, il leur restait une soixantaine de kilomètres pour parvenir à Montalcino et rentrer ensuite à Cortone. Ils firent une pause à la terrasse d'un café sur la Piazza del Campo, commandèrent chacun un cappuccino et un cornetto comme aimait à le faire Juliette quand elle venait à Sienne. C'était son plaisir à un tel point que lors des participations à l'Éroica, Romain avait le plus grand mal à la convaincre de se lever et de repartir. Ce n'était pas par fatigue ou paresse, mais elle adorait cette place en forme de coquillage. Elle y aurait passé des journées entières à l'admirer et observer la vie.

Repartis, ils empruntèrent une portion du parcours de l'Éroica, *percorso lungo* — le parcours long — sur une vingtaine de kilomètres jusqu'à Monteroni d'Arbia. Juliette aurait aimé participer au *percorso lungo*, mais deux cent neuf kilomètres, c'était beaucoup trop et il valait mieux profiter d'un trajet moins ambitieux, avec cent six kilomètres au menu qui permettait de faire une pause à Sienne. Elle avait particulièrement adoré les paysages magnifiques et les portions de routes blanches bordées de cyprès entre vignes et oliveraies. Elle allait maintenant y reposer.

Trois cyprès, espacés chacun par cinq à six kilomètres, accueillirent Juliette. Les trois amis étaient seuls sur ces chemins et personne ne viendra troubler ce qui était devenu un pèlerinage avec toute la solennité qui s'imposait.

Le retour sur Cortone se fit dans le silence que seul le moteur de la Vespa vint troubler. L'émotion était forte. Tous trois avaient en tête les endroits précis où ils avaient répondu au souhait de Juliette. Elle pouvait maintenant être en paix, là où elle voulait reposer en Toscane et pour toujours.

Place de la mairie, Franco salua ses deux amis et les remercia de l'avoir associé à cet hommage. Il les avait aimés ses amants de Cortone, ses Roméo et Juliette. Aujourd'hui, Romano était seul et il serait là pour lui, leur périple du jour avait renforcé leur amitié et en avait fait des complices.

Le lendemain matin, Enrico reprit la route vers Suse et fit promettre à Romain de venir le voir à son hôtel. S'il ne venait pas, c'est lui qui viendrait.

Romain regarda Enrico s'éloigner dans la via Roma jusqu'à la place de la mairie et enfin disparaître de sa vue. Une page était tournée et il avait conscience qu'il n'aurait jamais pu reprendre pied dans la réalité, seul. Enrico avait eu une bonne intuition et c'est certainement ce qui caractérise les véritables amis. Ils n'ont pas besoin de vous parler et même si vous ne les avez pas rencontrés depuis longtemps, ils ressentent et savent quand vous avez besoin de soutien. Nulle nécessité de leur demander de l'aide, ils arrivent comme venait de le faire Enrico.

Maintenant Romain avait un nouveau défi devant lui. Il lui fallait vivre avec le souvenir vivant de Juliette à Cortone. Une nouvelle page de leur vie.

Chapitre 5

Cela fait longtemps, plusieurs années que Giuli repose sur les routes blanches. Quand j'étais plus jeune, je m'y rendais sur une journée pour me recueillir et lui parler. Maintenant, il m'arrive d'y aller assis à l'arrière de la Vespa de Beppe que conduit Franco. Mais c'est de moins en moins fréquent et évident, car nous vieillissons et qu'il devient de plus en plus périlleux de se déplacer avec le scooter. Les réflexes se sont ralentis et rouler sur les Strade Bianche demande une forte concentration pour ne pas finir au fossé.

Je me suis réellement installé à Cortone et ne me demandez pas depuis combien de temps. Très sincèrement je ne m'en souviens plus, le seul souvenir vivant est celui de Giuli, le reste c'est vraiment le passé, un passé, une autre vie. Ici, je suis connu et reconnu. La publication de six livres dont « Les Amants de Cortone » m'ont attiré une petite notoriété, je ne suis plus le francese, mais un enfant du pays qui sait si bien écrire la vie en Toscane. On me considère comme un vieux sage, certainement un des privilèges de l'âge et pourquoi pas, car à ce stade de la vie, des privilèges, il en reste très peu. J'ai encore la chance d'être lucide et en bonne santé, de faire chaque jour une petite virée à vélo d'une heure. Il paraît que cela conserve le vélo et je me suis trouvé un petit travail qui m'occupe en gros une quinzaine d'heures par semaine. Pour moi, ce n'est pas véritablement un travail, c'est plutôt un hobby, je n'ai pas besoin d'argent. Cela me permet de rencontrer des personnes de tous horizons et de me consacrer à ma passion, celle de restaurer des vélos maintenant centenaires. Presque comme moi d'ailleurs.

Quand je me suis installé via Roma, les premières années j'ai écrit, beaucoup écrit. Six livres cela demande du travail et l'avantage d'écrire, c'est que ça permet de garder un esprit alerte. Ensuite, je tournais un peu en rond en ville, passait du temps sur les terrasses à observer la vie, les passants et les touristes. Tous les matins vers dix heures et en début d'après-midi, nous avons commencé à nous retrouver avec Franco et Beppe pour boire un cappucino en début de matinée et un café après le repas du midi qu'il nous arrive maintenant de partager et de faire durer en échangeant sur l'état du monde dont l'évolution nous échappe, un autre temps. En fait, c'est nous qui sommes d'un autre temps.

Le monde va mal et nous nous posons souvent la question de savoir si un jour, il alla bien. Est-ce que c'était mieux avant ? Je ne saurais vous répondre, c'était différent. Ce qui est certain, c'est que nous sommes entrés dans une phase du changement climatique dramatique et que par ailleurs, des régimes autoritaires qui se disent démocrates se sont installés dans toute l'Europe. Au dérèglement climatique a succédé et c'est probablement lié, un dérèglement politique.

Tout d'abord, le changement climatique. Ce n'est pas faute d'avoir été prévenu depuis des décennies avec à l'appui de nombreux rapports de scientifiques et de chercheurs. Mais la politique à court terme et le profit immédiat ont eu raison de ce qui aurait dû être la raison.

Les glaciers de nos montagnes ont fondu, tout comme les calottes glaciaires et cela a provoqué une élévation du niveau des mers, submergeant des régions côtières. La chaleur de plus en plus forte et l'absence de pluies régulières ont désertifiés des territoires entiers. La terre du sud de l'Italie est devenue stérile, il ne s'y produit plus rien, le taux de pauvreté y est très élevé. Quand il pleut, on pourrait se dire soulagés, mais ce n'est pas le cas. En quelques heures la terre doit absorber les précipitations qui représentaient avant plusieurs mois bien répartis sur l'année. Les inondations emportent des habitations, la population et des vallées. D'ailleurs, l'an dernier Florence a connu une inondation plus importante que celle de 1966 où l'eau atteignait le premier étage des habitations. Cette fois-ci, le deuxième était touché provoquant de nombreuses morts par noyade dans les appartements. La Toscane n'était pas épargnée, mais la situation y était, somme toute moins dramatique, sauf à Florence bien entendu. La plupart des villes sont construites en hauteur, au sommet des collines, l'eau s'écoule et les routes, lors de ces épisodes, sont alors fermées à la circulation dans l'attente que la terre et les rivières absorbent ce trop-plein d'eau.

Tout cela pouvait être anticipé, tout cela était prévisible, mais la nature humaine refuse les contraintes et reste convaincue de pouvoir dompter les éléments. Elle a tort ou refuse de voir la réalité, ce dont je doute.

Politiquement, la situation s'est durcie sur l'ensemble de l'Europe. Le changement climatique a poussé des populations entières à quitter leur pays, notamment ceux d'Afrique. Elles n'étaient pas les bienvenues en Europe et ont été repoussées au-delà de ses frontières, souvent avec violence, avec aucune chance de trouver asile sur le sol de pays épargnés. L'Occident, notre civilisation, en a perdu son humanité et nous assistions chaque jour à notre impuissance. L'homme disparaîtra de la planète à défaut d'avoir su la respecter et la préserver.

Les régimes autoritaires qui se sont mis en place dans nos pays ont bénéficié du soutien de la Russie qui a réussi à reconstituer l'ancien bloc de l'Est de l'ancienne URSS. Nous, européens, mais également nos alliés américains, n'avons pas été assez courageux et n'avons pas osé nous dresser avec suffisamment de fermeté face au dictateur qui après avoir conquis l'Ukraine, s'était attaqué aux autres pays jusqu'à la frontière allemande. La peur de l'utilisation de l'arme nucléaire avait eu raison de la détermination des pays démocrates. La peur de la fin du monde avec une troisième guerre mondiale atomique l'avait emporté. Toutefois, si la fin du monde n'avait pas eu lieu, elle était certainement devant nous. Franco, Beppe et moi, nous étions trop âgés, nous ne la vivrions pas, mais les jeunes et les générations à venir seraient confrontés à la sixième grande extinction sur Terre.

Comme vous pouvez le constater, nous n'étions pas très optimistes, mais nous n'en parlions qu'entre nous, car nous avions connu le monde d'avant. Nous étions certainement les derniers témoins d'une époque à Cortone. Nous les vieux, les sages comme on nous surnommait.

Le vélo avait été une passion et avait traversé ma vie grâce à Giuli qui m'avait poussé sur les routes en région parisienne, les Alpes et l'Italie. Le vélo, c'était notre bouffée d'air, celle qui nous faisait oublier les contraintes et les difficultés de la vie.

Nous formions un couple de cyclistes, une véritable équipe se soutenant l'un l'autre quand la pente s'élevait ou le vent se levait. Notre vie rimait avec vélo et vélo avec sobriété. Dès l'instant que nous pouvions revêtir nos tenues de cyclistes et prendre la route, nous étions heureux et pour nous l'avenir prendrait la forme de l'éternité. Cela ne devrait jamais s'arrêter. Pourtant notre équipe fut brisée par la maladie sur un lit d'hôpital. Elle ne le fut que physiquement, car lorsque je sortais à vélo, j'avais toujours le sentiment d'avoir Giuli dans ma roue et de lui parler. Notre équipe était toujours vivante.

À Cortone, je réparais régulièrement les vieux vélos de mes voisins et amis qui tous, restaient admiratifs devant mon Motobécane que j'avais restauré et qui entretenu comme un bijou, n'avait pris aucune ride. C'est de là que vint l'idée. Pourquoi ne pas restaurer de vieux vélos pour les amateurs qui souhaiteraient s'aligner à l'Éroica.

Je transformai alors ma salle en atelier, elle ne me manquerait pas, je n'avais besoin que d'une chambre avec un lit et d'une cuisine. À Bergame, j'avais eu un contact avec un ancien grossiste de pièces détachées et il me céda pour une bouchée de pain, un stock de dérailleurs, pédaliers, freins, guidons, roues, boyaux et câbles divers. J'avais en gros la capacité de restaurer au moins trois cents vélos des années mille neuf cent soixante-dix à quatre-vingts. L'écrivain fut vite oublié dans la région et la notoriété nouvelle s'établit sur les restaurations que je réalisais. De véritables œuvres d'art dont certaines étaient exposées à Gaiole in Chianti lors de l'Éroica, en préambule au déroulement des courses.

Je ne sais combien j'ai pu en restaurer, mais mon stock de pièces se tarissait. Il allait falloir me résoudre à fermer boutique. Mais était-ce dramatique ? Non ! J'avais quatre-vingt-seize ans, je pouvais peut-être envisager de me reposer et de profiter de mes amis. Et puis, j'ai accompli ma mission, donné satisfaction dernièrement à une jeune cycliste qui participera à l'Éroica dans quelques jours.

Déjà ! Une année, cela passe vite.

Chapitre 6

La nuit est douce en ce début de mois de décembre et la météo prévoit une température de vingt degrés le matin pour s'élever à vingt-cinq dans la journée. Le climat est vraiment déréglé depuis une cinquantaine d'années.

Le mois dernier, nous avions connu une température de trente-deux degrés le 1er novembre, en fait au regard des années passées, ce n'était pas si mal. Je n'irai pas jusqu'à dire qu'il faisait frais, mais par rapport à l'an dernier où l'on avait frôlé les trente-cinq, c'était à peu près supportable. Personnellement, je le supportais bien. J'aime la chaleur et ici en Italie, nous avons la chance, à proximité des montagnes, d'avoir des nuits relativement fraîches et la température ne commence à grimper qu'en fin de matinée. Cela me permet chaque matin d'aller faire une petite sortie à vélo à la fraîche avant d'ouvrir mon atelier où la clientèle se presse avant le zénith.

Ce week-end est particulier puisque comme chaque année se déroule, à partir de Gaiole in Chianti, une des plus belles courses d'amateurs sur les Strade Bianche, les fameuses routes blanches de l'Éroica. Ce n'est pas à proprement parler une course, il n'y a pas de classement, pas de premier, ni de dernier. Il faut prendre le départ avec un vélo et un équipement datant du siècle dernier et il ne reste plus qu'à pédaler jusqu'à l'arrivée en déjouant les pièges des chemins gravillonnés et sablonneux. Cela demande une attention soutenue de tous instants, éviter de prendre trop de vitesse en descente, anticiper les réactions du cycliste qui sera devant vous et pourrait faire un écart pour éviter un trou. Il vous enverrait alors dans le fossé.

Mais l'Éroica ne peut se résumer à de simples chemins de terre, c'est également des dénivelés dignes de grandes étapes de montagne, des côtes qui peuvent sembler interminables, surtout si vous avez dû poser pied à terre et continuer en poussant votre vélo. Il n'y a pas de honte à poursuivre votre route à pied, personne ne vous jugera, tous les concurrents savent qu'ils peuvent se retrouver dans cette situation. Une roue arrière qui sous l'effort dérape dans la terre, la personne qui vous précède en difficulté s'arrête et vous n'avez pas le choix, vous ne pouvez passer, vous posez pied également.

En fait, vous n'irez pas chercher des performances. Avoir pris le départ et franchi la ligne d'arrivée, c'est la performance, vous êtes la performance, vous avez relevé le défi de la difficulté, de la peur et de la souffrance qui sont inévitables. Vous ne serez plus le même quand vous aurez franchi l'arrivée, vous appartiendrez à un autre monde, celui de ceux qui ont osé l'Éroica, vous serez héroïque.

Au-delà de la difficulté des parcours proposés, ce sont avant tout les paysages du Chianti qui resteront gravés à jamais dans votre mémoire. Les longs rubans de terre blanche bordés de cyprès se faufilent et franchissent des vallons au pied des collines au sommet desquelles trônent les propriétés des producteurs de vin et d'huile d'olive.

Tout cela explique pourquoi depuis des décennies, des milliers de passionnés viennent du monde entier, enfourchent des bicyclettes du siècle dernier et se jettent corps et âme sur divers parcours où chacun à son niveau, pourra se confronter aux chemins gravillonnés et sablonneux et affrontera les dénivelés. Des hommes et des femmes qui relèvent un défi, repoussent leurs limites, acceptent leurs peurs et leurs défaillances.

Il y a maintenant très longtemps, je ne me souviens plus de l'année, la mémoire me jouant des tours avec l'âge, Giuli m'avait inscrit à cette course. Je ne savais pas à quoi m'attendre, je pensais avant de prendre le départ que ce serait une belle ballade à travers champs. Je n'avais pas mesuré que c'était tout autre chose et au-delà du défi, une fois arrivé et avoir franchi la ligne, je pris conscience de son volet initiatique, une sorte de quête à la recherche de l'absolu, du ressenti de la vie et de son importance dans toutes ses dimensions aussi bien physiques que mentales.

À l'époque, l'Éroica se déroulait le premier week-end du mois d'octobre, aujourd'hui avec le réchauffement climatique, le premier week-end de décembre lui a été préféré avec des températures qui avoisinent encore les vingt degrés en début de matinée pour atteindre les vingt-cinq l'après-midi. En octobre, il fait trop chaud et au regard de la difficulté des parcours, ce serait de l'inconscience d'envoyer sur les chemins, ces milliers d'amateurs, dont la plupart, sont venus pour participer à cette grande fête du vélo à défaut d'avoir un véritable entraînement pour l'épreuve.

*

La soirée est douce, le ciel est étoilé, Beppe et Franco sont assis avec Romain sur le pas de porte de l'atelier. Comme tous les soirs, les trois amis se retrouvent pour un petit verre de limoncello qu'ils accompagnent par gourmandise d'un morceau de panforte.

Ce soir c'est particulier, Romain ne cesse de parler de la course qui se déroulera demain matin à partir de Gaiole in Chianti, l'Éroica. Il y a participé quand il était jeune et que Giulietta était encore à ses côtés, les années ont passé, mais ses souvenirs restent vivants malgré une mémoire défaillante. Quand il évoque son aventure, ses yeux brillent, il retrouve sa jeunesse sauf que Giulietta n'est plus là et chaque fois qu'il prononce son prénom, il ne peut empêcher une larme d'emprunter le sillon des rides qui se sont creusées sur son visage avec le temps. Si seulement il pouvait revenir en arrière, rien qu'une quarantaine d'années, retrouver celle qui l'a laissé et rendu inconsolable depuis. Voyager dans le temps, rien que cela devrait être possible ?

Ma, è pazzo il francese. Oui, il est fou le français. Beppe et Franco secouent la tête avec un air désapprobateur, Romain vient de leur faire part de son projet. Il veut partir cette nuit à vélo pour Sienne et assister à l'arrivée des premiers coureurs sur la *piazza del Campo* à l'aube. Oui, il est vraiment fou et de plus têtu comme une mule, comment l'empêcher de réaliser cette folie. Les deux compères savent très bien qu'ils n'arriveront pas à convaincre leur ami de renoncer.

*

— Écoute Romano, c'est de la folie ton projet. Tu as quatre-vingt- seize ans, tu tiens à peine debout et tu veux, en pleine nuit, partir avec ton vieux vélo à Sienne. C'est le soleil qui t'a tapé sur la tête aujourd'hui ? Allez, redescend sur terre, tu n'as plus vingt ans. Si tu veux vraiment aller Sienne demain matin on trouvera bien quelqu'un qui t'apportera en voiture, mais en vélo *sei pazzo*.

Il a raison Beppe, c'est peut-être une folie ou pas. Après tout, il n'y a que soixante-quinze kilomètres entre Cortone et Sienne. Soixante-quinze kilomètres ce n'est rien, tous les matins Romain fait sa balade d'une heure à vélo, on peut dire qu'il a un entraînement, qu'il maintient sa forme. Peu importe ce que peuvent penser ses amis, il partira cette nuit, prendra le temps qu'il faudra pour arriver aux alentours de sept heures du matin sur cette magnifique place, ce coquillage au centre de la ville. Beppe hoche la tête et Franco décide de prendre le relais pour décourager Romain en essayant de trouver de bons arguments pour le convaincre de renoncer.

— Romano, je sais que tu es en pleine forme, mais tu as quatre-vingt-seize ans tout de même. Et rouler en pleine nuit, tu imagines un peu ? Ce serait en pleine journée encore, pourquoi pas, mais de nuit sur la route. Et si tu te fais renverser par une voiture ? Ou encore si tu croises un sanglier ? Qui va venir te relever et te secourir ? Tu y a pensé à ça ? Non ?

Romain écoute. Il a la tête baissée et ses amis ne peuvent voir son sourire quand ils essayent de lui démontrer que son projet est une véritable folie et plus ils insistent, plus il est convaincu qu'il va le faire. Têtu ? Non ! Ce n'est pas une folie, mais une quête qu'il veut entreprendre, dépasser ses limites, redevenir celui qui a un jour rejoint le peloton des héroïques en parcourant les routes blanches du Chianti. Toutefois il est touché par la sollicitude de ses amis, il les aime eux qui l'ont accueilli sans réserve quand il est revenu vivre dans la maison de ses ancêtres. Le francese comme ils l'appelaient, ils l'avaient adopté, l'avaient accompagné dans son deuil. Il est certain que s'ils n'avaient pas été là, présents auprès de lui toutes ces années, il aurait sombré dans la mélancolie et aurait déjà quitté ce monde. Sans Giuli, la vie n'avait plus d'intérêt.

— Écoutez les amis, je sais que vous vous inquiétez pour moi, je vous en remercie. Depuis tant d'années vous avez pris soin de moi. Vous avez toujours été présents quand ça n'allait pas, ce n'était pas facile quand je suis arrivé au pays. Je ne savais pas ce que j'allais faire, j'avais tout quitté, j'arrivais sans une idée en tête si ce n'est de retrouver des racines éloignées et attendre. Et le temps a passé, plus que je ne pouvais l'imaginer. Alors oui je suis vieux. En forme pour mon âge, je tiens encore debout, je fais une balade à vélo tous les jours même si je ne roule plus très vite, mais il me reste cette envie. Celle de me retrouver sur cette place, de boire un cappucino au petit matin et voir débouler les premiers coureurs. Voir dans leurs yeux l'émerveillement, me revoir arriver comme eux à une époque où j'étais heureux. Je veux revivre ces sensations. Je sais que c'est impossible, je suis encore lucide même si vous pensez que je deviens sénile, mais peut-être que Giuli sera là à m'attendre.

Beppe et Franco l'ont écouté avec attention. Décidément, ils n'arriveront pas à lui faire changer d'avis, il est borné l'animal. Il est bientôt vingt-trois heures, il est tard et ils sont fatigués, le moment de se quitter approche.

Tous deux pensent en leur for intérieur que leur ami a eu une idée saugrenue, mais qu'en fait, ils le retrouveront demain matin pour aller prendre un cappucino, comme tous les matins depuis tant d'années. Le lendemain, ils pourront constater qu'ils étaient dans l'erreur. Romain était parti comme il l'avait prévu.

*

Cela fait déjà plus d'un mois qu'il y avait pensé et s'était préparé en conséquence. Tout d'abord il avait monté une paire de roues avec des pneus beaucoup plus solides que des boyaux traditionnels. Ensuite dans son stock d'antiquités, il avait retrouvé une dynamo qu'il avait fixée sur le hauban arrière de son vélo, la reliant à un éclairage de fortune qui serait bien suffisant par ces nuits claires.

Les douze coups de minuits résonnent dans la ville endormie et Romain sort de son atelier avec son destrier, prêt à affronter les soixante-quinze kilomètres qui le séparent de sa destination. Il sait qu'il ne roulera pas vite, il table sur une moyenne de treize ou quatorze kilomètres à l'heure avec certainement de nombreuses pauses. Il devrait être à l'heure au rendez-vous qu'il s'est fixé.

Déjà trois heures qu'il roule et à peine une trentaine de kilomètres parcourus. À une autre époque, mais on ne peut être après avoir été, il aurait mis trois fois moins de temps. La nuit est effectivement claire comme il l'avait pressenti, pas de nuage, seules la lune et les étoiles l'accompagnent sur cette route où la petite lumière à l'avant du vélo éclaire les quelques mètres où poser la roue et éviter les nids de poule. Pour le reste, même dans l'obscurité, tout se devine et se ressent, les collines, les villages et l'odeur des longues étendues d'oliviers. Il file sans se retourner, il avance comme suspendu dans l'espace, les mains agrippées au guidon, les yeux qui quelques fois se mettent à pleurer, car il n'a pas de lunettes. Trois heures et une première pause pour se détendre s'impose, les muscles sont raides et il doit reconnaître que l'âge ne pardonne pas, il en profitera pour manger et boire. Dans ses poches, il n'y a pas de produits diététiques comme en raffolent les cyclistes d'aujourd'hui, simplement du panforte et quelques morceaux de saucisson coupés en petits dés. Le contenu des bidons n'a rien de diététique non plus. Dans l'un de l'eau tout simplement, dans l'autre du Lambrusco, ce vin sucré pétillant et très peu alcoolisé. Assis et appuyé contre un arbre, il avale par petites gorgées le délicieux nectar, il ferme ses yeux qui piquent comme s'il avait du sable. Certainement l'effet de l'air encore frais, il va les laisser se reposer quelques minutes avant de repartir. Il n'a pas particulièrement froid non plus, avec une quinzaine de degrés, c'est supportable d'autant plus qu'il a deux maillots sous sa veste de survêtement d'un bleu passé qui a déjà bien vécu.

Il reprend sa route, agrippe fortement son guidon et se redresse sur les pédales pour étirer ses mollets afin de mettre fin aux signes avant-coureurs d'une crampe. C'est efficace et il se rassoit, fait tourner les jambes et traverse le village de Lucignano pour prendre la direction de Asciano situé à vingt kilomètres au sud de Sienne. Il sait que ce ne sera pas la partie la plus facile de son périple, il connaît la région et ses routes et surtout, il ne se cache pas qu'il devra grimper pendant ces vingt kilomètres, il lui faudra du temps, certainement des pauses, mais également prendre son mal en patience et marcher. Dans le dernier kilomètre, il pourra profiter d'une belle descente, mais avant, il devra trouver l'énergie pour relever ce défi d'une belle montée en lacets.

Au sommet, il y arrive, à pied en poussant son vélo. Plus bas, il aperçoit les lumières de Sienne, il est soulagé. Presque trois nouvelles heures pour arriver d'Asciano à ce point culminant des Crete Senesi. Il savait que ce serait dur, mais à ce point il ne l'avait pas envisagé. Il a mal au dos, aux épaules, ses jambes tremblent et il s'assoit au bord de la route avant d'aborder la descente. Il en profite pour terminer son bidon de Lambrusco et grignoter les restes du panforte qui s'est écrasé dans la poche arrière de son maillot. Le ciel commence à s'éclaircir, l'aube est proche et il devrait, après cette nouvelle pause, arriver au terme de sept longues heures de trajet sur la piazza del Campo. Ce moment qu'il a tant attendu et espéré. Beppe et Franco, là-bas à Cortone doivent encore dormir et sont loin de se douter que leur ami, cet entêté, il francese, a relevé son défi contre leur avis. Pourtant, ils pensaient avoir eu le dernier mot. Erreur ! Ils pensaient bien connaître Romano, mais ils ne connaissaient pas Romain.

*

Une demi-heure qu'il est attablé à une terrasse, le corps endolori, les muscles brisés. Il a déjà bu un café qui lui donne des palpitations dans la cage thoracique et commande un cappucino qu'il accompagnera d'un cornetto, ce croissant bien différent en goût de ceux que l'on peut acheter en France. C'est son péché mignon, sa gourmandise à un âge où le plaisir trouve sa traduction dans le palais.

Il observe la fourmilière qui se met en place et prépare l'arrivée des premiers coureurs. Les organisateurs, aidés par des bénévoles, dressent des tables pour le premier ravitaillement de l'épreuve et il est copieux, à même de satisfaire tous les appétits. Saucisson, pâté, fruits secs, bananes seront, à n'en pas douter, pris d'assaut par les forçats de la route qui n'hésiteront pas à accompagner ce premier festin, de jus de fruits, de Chianti ou pour les plus raisonnables, simplement d'eau. Ils en profiteront pour remplir leurs poches et leurs bidons, car la course sera longue, même si d'autres points de ravitaillement sont prévus. Ils ont raison, il vaut mieux rester prudent et prévoir, tout dépendra de la voracité de ceux qui les précéderont et n'auront laissé que des miettes pour les suivants.

D'autres se dirigeront vers l'atelier de dépannage vélo qui est également mis en place et attendrons patiemment que le mécano vérifie leurs montures qui auront, pour la plupart d'entre elles, souffert des vibrations de cette première partie de parcours. Beaucoup prennent le départ sans un réel entraînement et les muscles commencent à se durcir sans compter que certains vélos ont été ressortis d'une cave ou encore exhumés d'une grange où ils dormaient depuis des décennies. Ils ont été vérifiés sommairement, insuffisamment probablement ce qui augure une fin de course inconfortable, pied-à-terre en poussant la bicyclette. Mais c'est certainement ce qui fait également le charme de l'Éroica, une folie ou une inconscience qui permettront d'écrire de belles pages avec des enluminures dans la vie de ces intrépides, des rires, des pleurs, tant d'anecdotes et d'histoires à raconter à table ou au comptoir d'un café.

Le soleil a fait son apparition quand le premier coureur a débouché sur la place et s'est précipité vers une des tables du ravitaillement où il s'est fait servir un gobelet de café. Peut-être a-t-il trop forcé depuis le départ, ses jambes tremblent, il semble fébrile et décide de s'allonger. Romain l'observe avec amusement, ce coureur beaucoup plus jeune n'est pas en meilleur état que lui qui a roulé toute la nuit. Eh oui ! Le vélo est un sport dur qui demande de l'entraînement, de la persévérance et de la volonté. Surtout ne pas en sous-estimer la dureté. Les kilomètres et les vibrations usent patiemment et sûrement ceux qui n'ont pas pris la mesure des efforts à produire pour rouler plusieurs heures de suite et grimper des côtes.

Quelques minutes plus tard, il est à peine huit heures quand un peloton de cyclistes débouche sur la piazza del Campo. Ce sont ceux qui se sont engagés sur le parcours long de deux cent neuf kilomètres, suivront dans moins d'une heure ceux beaucoup plus raisonnables qui auront préféré les parcours de cent six et cent trente-cinq kilomètres. Tous auront déjà avalé cinq cents mètres de dénivelé sur moins de quarante kilomètres, il en restera encore plus de trois mille pour les plus gourmands sur cent soixante-dix kilomètres.

Beaucoup ont perdu cette assurance et cette superbe qu'ils affichaient sur la ligne de départ à l'aube, le vélo rutilant et la tenue cycliste bariolée des années mille neuf cent quatre-vingt. L'aventure sera longue pour tous, mais elle sera inoubliable.

Certains mangent, boivent. D'autres se font prendre en photo ou allongent le bras pour un selfie mémorable avec leurs compagnons de route, mais aussi d'infortune suivant le cas. Les sourires s'affichent quand ce ne sont pas des grimaces, des rires éclatent et ce bonheur efface rapidement les premières crampes et douleurs. Ces sourires, ces grimaces et ces rires sont ceux qu'ils arboreront une fois leur périple terminé, heureux de se considérer héroïques.

Romain s'amuse de ce spectacle, toujours son casque sur la tête, il se lève péniblement, s'appuie sur le guidon de son vélo et se dirige en le poussant vers le centre de la piazza. Il échange quelques mots au passage avec un groupe de jeunes gens qui l'on interpelé pour savoir quel parcours il allait réaliser. Il leur répond que son parcours il l'avait réalisé quand il avait leur âge. Il avait fait l'Éroica et comptait au nombre de ces cyclistes dans le monde qui appartenait au clan des héroïques. Une jeune femme du groupe s'approcha de lui et l'embrassa sur la joue, un moment inattendu qui lui rappela la douceur d'un baiser, une douceur qu'il n'avait plus connue depuis le départ de Giuli. Il ne put empêcher une larme, causée par tant d'émotion, de venir se nicher dans une ride de son visage pour finir sa course dans sa barbe et y rejoindre les miettes de pâte feuilletée du cornetto dégusté quelques minutes auparavant.

Est-ce l'émotion due à ce baiser ou la fatigue qui broie ses muscles et son esprit, il ne saurait le dire, mais ses jambes tremblent, il se sent sans forces, il a besoin de s'allonger à même le sol pour profiter du bain de lumière et de chaleur offert par le soleil qui resplendit dans un ciel bleu azzuro sans un nuage pour le troubler. Son vélo est également couché près de lui. Il passe un bras autour du guidon comme il le ferait tendrement avec une compagne. Il ferme les yeux, il sent la chaleur l'envahir, lui qui a eu un peu froid en faisant la route en pleine nuit, maintenant il peut se reposer.

Il est toujours allongé au milieu de la place alors que le soleil est au zénith. Les organisateurs ont remballé le poste de ravitaillement et l'atelier de dépannage. Plus aucun participant à l'Éroica ne devrait s'arrêter aujourd'hui à la piazza del Campo. Les derniers ont déjà, depuis plus d'une heure, fait tamponner la preuve de leur passage à Sienne par les contrôleurs de la course.

*

Je me sens bien allongé sur le sol qui s'est réchauffé au fur et à mesure que le soleil s'est réveillé sur Sienne. Je dors et probablement je récupère, je sens de moins en moins mes courbatures de même que mon cœur qui battait la chamade quand je suis arrivé tôt ce matin.

Une main se pose sur mon épaule et essaye de me secouer pour me réveiller. Je n'ai pas envie de faire cet effort, je suis vraiment trop bien. Que l'on me laisse tranquille.

— Alleeeez ! Réveille-toi !

Non ! Je n'ai pas envie de me réveiller, je suis bien là à profiter de la chaleur du soleil et puis je suis cassé. J'ai mal au dos, j'ai les jambes en bois. Non ! Je ne veux pas me lever.

— *Svegliatti* paresseux, allez debout, *dai* ! On doit partir, nous avons une longue route à parcourir ensemble. Alleeeeez ! Tu te lèves et on part.

J'ai mis du temps à réaliser que ce n'était pas un rêve et que cette voix m'était familière, même si je ne l'avais plus entendue depuis de nombreuses années. Quand je me décide à ouvrir les yeux, dans un premier temps je suis ébloui par le soleil. Ensuite je reconnais le visage de cette femme. Une jeune femme d'à peine dix-huit ans avec un regard pétillant illuminé par des yeux d'un vert profond. Ce n'est pas possible, je dois encore rêver. Je ferme les yeux pour les ouvrir à nouveau. Comment est-ce possible, c'est ma Juliette, Giuli.

— *Svegliatti*, allez debout, *dai !* On doit partir, nous sommes attendus. Alleeeeez ! Tu te lèves et on part.

— C'est toi Giuli ?

— *Caro, amore mio* qui veux-tu que ce soit. Tu attends quelqu'un d'autre ?

— Euh non. Mais c'est incroyable, c'est impossible, je dors encore et je rêve.

— Non tu ne rêves pas, tu ne te souviens pas ? *Sara perche ti amo*. C'est pour cela que je suis là.

Elle me tire par le bras pour que je me lève. Étonnamment, je ne ressens plus de douleurs et de courbatures, mes muscles sont souples et je me redresse d'un bond sans lui lâcher la main.

— Giuli. Si tu savais combien tu m'as manqué pendant toutes ces années. Où étais-tu ?

— *Amore mio* j'étais près de toi. Tu ne le sentais pas ? Tu te souviens, nous avions dit que notre amour serait éternel. Il l'est. Tu as oublié ? Nous sommes les amants de Cortone.

— Giuli, il faut que je prenne mon vélo.

— Laisse-le. Là où nous allons, tu n'en auras pas besoin, il y en a un autre qui t'attend.

Nous avons commencé à marcher sur la place comme nous l'avions fait, tant d'années auparavant. Je me suis arrêté un instant pour jeter un dernier regard sur mon vélo que j'abandonnais. À côté de lui, un vieillard l'enlaçait avec une forme de tendresse, je compris alors que je ne quittais pas simplement mon vélo, mais que j'abandonnais également le passé pour tout recommencer avec Giuli.

*

Des touristes et des badauds passent près de lui, lui jettent un coup d'œil pour certains. Il ne bouge toujours pas. Pourquoi s'inquiéter pour cet homme qui visiblement a décidé de profiter de l'instant présent, le sourire qui illumine son visage tanné par le soleil, en étant une pure évidence. Il semble heureux, il dort.

FINE (Fin)

Références et sources

Toscane

— Toscane - Balades gourmandes au rythme des saisons. Anna Bini - Gilles de Chabaneix - Catherine de Chabaneix. Éditions Minerva.

— Villas et jardins de Toscane. Sophie Bajard et Raffaello Bencini. Éditions Terrail.

— La Toscane - Jean Taverne - Wojtek Buss. Éditions du Chêne. Florence et la Toscane - Guides Voir. Éditions Hachette.

— Toscane - Entre ciel et terre. Antonio Attini. Éditions National Geographic.

Cartes

— Toscane — Carte routière touristique — 1/400 .000 - Michelin.

— Ain, Haute-Savoie. Michelin n° 328.

— Atlas France des voies vertes et véloroutes. Chamina édition.

Sites Web

— L'Eroica Gaiole in Chianti : https://eroica.cc/fr/gaiole

— L'Eroica - https://www.visittuscany.com/fr/ evenements/leroica/

— Fédération des Usagers de la Bicyclette : https:// www.fub.fr/

— Fédération Française de Cyclisme : https://ffc.fr/

— Fédération Française de Cyclotourisme : https:// ffvelo.fr/

Table des matières

Réalisé
par
ABATOS®

Imprimé en France

Dépôt légal
3e trimestre 2024

ABATOS éditions
mail : contact@abatos.fr